紫式部日記を読む

源氏物語をめぐってⅢ

神明敬子
SHINMEI YOSHIKO

幻冬舎 MC

紫式部日記を読む

源氏物語をめぐってⅢ

はじめに

本書は『源氏物語をめぐって』の第三作に当たり、『紫式部日記』を中心として、『更級日記』と『源氏物語』について記している。

今回、『紫式部日記』を改めて読み直してみた。新たに気づいたこともあり、これまで思っていたこととは異なる結論に至ったものもある。いくつかの点で書き直したが、以前に書いたものよりも、今回書いたものの方が、多少なりとも作品の真相に近づけたのではないかと思っている。

『紫式部日記』には、長く未解決だった多くの問題がある。現在の冒頭よりも前から日記が書かれていて、その部分が失われているという首欠説があり、日記の中に消息文が紛れ込んでいるのではないかという説がある。また日記は一続きではなく、断片的な部分があるのはなぜか、公的な日記であれば、なぜ私的な憂愁の思いが多く書かれているのかという問題もある。

作者紫式部についても、生没年は不明であり、出仕の年も確定せず、『源氏物語』のどの部分をいつ書いたかも謎のままである。

『紫式部日記』には、歴史上の人物の言動も多く記され、作者自身についても多くが語られていて、奥深く魅力的な作品であることを今回改めて感じた。

『更級日記』は、前著『更級日記を読む』の続編であるが、前著で得られた結論によって、もう一度読み直すとどうなるのかを記している。

前著では、日記をはじめて読んだ時の感想が、読み進めるうちにどう変化するかをたどったので、常に最初の感想から離れられないという制約があった。今回はその制約から自由になって、作品全体の結論を部分に反映させるという方法によって、各部分を見直すことを行った。

一つの作品に、別の方向から光を当てるとどうなるのかを試みたのであるが、そこには、はじめて読んだ時には予想もしなかったようなことが多くあり、書くことには多くの困難があった。それでも、こういうふうに読めるのではないかというものを、精いっぱい求めて書き記している。

今回、以前に書いたことをいくつか訂正する結果になっているが、試行錯誤の途中にあり、少しずつ前進しているので、お許しいただきたいと思う。

目次

第二章　更級日記

第三章　源氏物語

凡例

1 『紫式部日記』の引用は、新編日本古典文学全集（小学館）により、ページ数を示す。
2 『更級日記』の引用は、新編日本古典文学全集（小学館）により、ページ数を示す。
3 『源氏物語』の引用は、新編日本古典文学全集（小学館）により、巻数とページ数を示す。
4 『紫式部集』の引用は、岩波文庫。新日本古典文学大系（岩波書店）、新潮日本古典集成（新潮社）により、一部の表記を仮名から漢字に改める。歌の表記は区切れなしとする。
5 『栄花物語』の引用は、新編日本古典文学全集（小学館）により、一部の表記を漢字から仮名に改める。
6 『十訓抄』『沙石集』の引用は、新編日本古典文学全集（小学館）により、一部の表記を漢字から仮名に改める。
7 次の文献の引用の際には、（　）内の略称を用いる。
『更級日記』（新日本古典文学大系）吉岡曠……（『新大系』）
『更級日記』（新編日本古典文学全集）犬養廉……（『新編全集』）
『更級日記全評釈』小谷野純一……（『全評釈』）
『更級日記全注釈』福家俊幸……（『全注釈』）

第一章　紫式部日記

一　現行日記に沿って

冒頭

秋のけはひ入《い》りたつままに、土御門殿《つちみかどどの》の有様、いはむかたなくをかし。池のわたりの梢《こずゑ》ども、遣水《やりみづ》のほとりのくさむら、おのがじし色づきわたりつつ、おほかたの空も艶《えん》なるに、もてはやされて、不断《ふだん》の御読経《みどきやう》の声々、あはれまさりけり。やうやう涼しき風のけはひに、例の絶えせぬ水のおとなひ、夜もすがら聞きまがはさる。

（一二三）

この冒頭を口語訳すると、次のようになる。

秋の気配が深まるにつれて、土御門邸の有様は、言いようもなく趣深い。池のあたりの木々の梢や、遣水のほとりの草むらが、それぞれの色あいで一面に色づきわたって、あたり一帯の空の様子の美しさに引き立てられて、不断の御読経の声々が、一段としみじみと聞こえてくる。しだいに涼しくなる風の気配に、いつもの絶え間ない遣水の音が、一晩中、不断の御読経の声々と混じって聞こえてくる。秋の気配が深まって、庭の木々が紅葉しているので、この冒頭の季節は、八月の半ば過ぎだと考えられる。僧たちの不断経の声々を引き立てているのは、この季節の空であると考えられる。『源氏物語』の八月後半の場面にも、空がしみじみと趣深いと描かれている。『源氏物語』から、三例引用する。

「宿木」の次の場面は、匂の宮が夕霧の六の君のもとを訪れる箇所で、八月十七日のものである。匂の宮は、「日が暮れてしまう」と思って、夕方のうちに寝殿に渡っている。

暮れぬれば、夕つ方寝殿へ渡りたまひぬ。風涼しく、おほかたの空をかしきころなるに、(⑤四一二)

「夕霧」の次の場面は、「八月中の十日ばかり」の情景で、空が美しく、水が澄んで、風の音が聞こえ、読経の声が尊く聞こえる点は、この冒頭とよく似ている。

日入り方になりゆくに、空のけしきもあはれに霧《き》りわたりて、(略)前の前栽《せんざい》の花どもは、心にまかせて乱れあひたるに、水の音いと涼しげにて、山おろし心すごく、松の響き木深《こぶか》く聞こえわたされなどして、不断の経読む時かはりて、鐘うち鳴らすに、立つ声もゐ代はるもひとつにあひて、いと尊く聞こゆ。(④四〇一)

「椎本」に、宇治の姫君たちを描く次の場面がある。この場面も、日記冒頭に似ている。

八月二十日のほどなりけり。おほかたの空のけしきもいとどしきころ、君たちは、朝夕霧のはるる間もなく、思し嘆きつつながめたまふ。有明の月のいとはなやかにさし出でて、水の面《おもて》もさやかに澄みたるを、そなたの蔀《しとみ》上げさせて、見出だしたまへるに、鐘の音かすかに響きて、(⑤一八八)

冒頭に似た情景が、「夕霧」「椎本」にあるので、冒頭の情趣は、第二部、宇治十帖に近いと考えられる。

「藤袴」の、八月中ごろの、柏木を描いた箇所に、

月隈なくさし上がりて、空のけしきも艶なるに、いとあてやかにきよげなる容貌《かたち》して、御直衣の姿、好ましく華やかにていとをかし。(③三四二)

とあり、このころの、月が出た空が艶だとされている。冒頭の艶なる空も、月が出ていて夜であることが考えられる。

日記の十一日の暁の箇所では、彰子が御堂に詣でるが、作者は、

それにはおくれて、ようさりまゐる。(二一二)

と夜になって参上している。十一日の暁の日記に描かれているのは、十一日の夜から十二日の暁にかけての出来事である。

はじめてまゐりしも今宵のことぞかし。（二九四）

と、初出仕も、寛弘五年十二月の出仕も、夜になってから参上している。

夜からの行事や、翌日の行事のための出仕は夜からであり、また夜を徹して仕えるための出仕も夜参上したと考えられる。冒頭の出仕も夜からであり、日記は夜から書き始められていると考えられる。

冒頭は何日か

冒頭は八月何日であろうか。日記に日付が書かれるのは「八月二十余日のほどよりは」であるから、それ以前は八月十九日までの出来事である。冒頭から八月十九日まで何日の記事であるかによって、冒頭の日付がわかる。冒頭から次のような記事が書かれている。

①ある秋の夜の土御門邸～しだいに夜がふける。

②その夜の彰子の有様。

③さらに夜がふけて、五壇の御修法《みすほう》が行われて、夜が明ける。
④早朝の道長との女郎花《おみなえし》の歌のやりとり。
⑤頼道のいる夕暮れ。
⑥播磨守の碁の負けわざ。

①から④は一続きであると考えられ、⑤も同じ日の夕暮れであるとすると、①から⑤までは二日の出来事であると考えられる。⑤が次の日の夕暮れであるとすると三日の出来事になる。碁の負けわざは、洲浜が残っているので、一日か二日のことだと考えられる。①から⑥は、三日から五日の出来事であると考えられ、冒頭は八月十五日から十七日のいずれかであると考えられる。

「藤袴」の柏木を描く場面は、八月十三日の記事に続くもので、柏木の姿を照らす月は、八月十五夜の月だとされている。艶なる空の日記冒頭もまた、八月十五日から書かれているのではないだろうか。冒頭が八月十五日であれば。八月二十六日までの記事があるので、八月の日記は、十二日間のものとなる。

日記はだれに書かれているか

日記はだれに書かれているのであろうか。日記に使われている敬語によって、日記を書いている相手が、身分の高い人であることがわかる。現行日記の文章の中に、丁寧語「はべり」が多用され、下二段活用の謙譲の「たまふ」が使われている。

「はべり」の用例をいくつか挙げる。

扇にはづれたるかたはらめなど、いときよげにはべりしかな。（一四三）

いとどかかる有様、むつかしう思ひはべりしか。（一七二）

あはれに、思ひよそへらるることおほくはべる。（一八四）

いかにぞやなど、すこしもかたほなるは、いひはべらじ。（一八九）

髪は、見はじめはべりし春は、丈に一尺ばかりあまりて、（一九二）

日記に使われている下二段活用の「たまふ」の用例は、次のようなものである。

のちにぞ御盤のさまなど見たまへしかば、（一二六）

よからぬ人のいふやうに、にくくこそ思うたまへられしか。（一九三）

この見たまふるわたりの人に、かならずしもかれはまさらじを、（一九四）

いと心づきなく見ゆるわざなりと思ひたまへて、（二〇五）

いまはただ、かかるかたのことをぞ思ひたまふる。（二一一）

尊敬語の用例は、次のようなものである。
このついでに、人のかたちを語りきこえさせば、ものいひさがなくやはべるべき。（一八九）
いと御覧ぜさせまほしうはべりし文書きかな。（二〇〇）
御文にえ書きつづけはべらぬことを、よきもあしきも、世にあること、身の上のうれへにても、残らず聞こえさせおかまほしうはべるぞかし。けしからぬ人を思ひ、聞こえさすとても、かかるべきことやはべる。されど、つれづれにおはしますらむ、またつれづれの心を御覧ぜよ。また、おぼさむことの、いとかうやくなしごとおほからずとも、書かせたまへ。見たまへむ。（二一一）
「聞こえさす」「御覧ず」「おはします」「おぼす」や二重敬語「せたまふ」が使われている。
相手は身分の高い人であり、また、土御門邸の外にいる人であると考えられる。
いま一間にゐたる人々、大納言の君、小少将《こせうしやう》の君、宮の内侍《ないし》、弁の内侍、中務《なかつかさ》の君、大輔《たいふ》の命婦、大式部のおもと、殿の宣旨《せんじ》よ、いと年経たる人々のかぎりにて、（一三三）

土御門邸の一間に集まっている主な女房たちの名を挙げているが、皆長年仕えている人であるというが、相手はそのことを知らない人である。大式部のおもとについて、「殿の宣旨」だと説明しているが、土御門邸の内部の人であれば、知っているはずである。

大式部については、また次のように説明している。

大式部は陸奥《みちのくに》の守《かみ》の妻《め》、殿の宣旨よ。（一四四）

次の赤染衛門の説明も、相手が土御門邸の外の人であることを思わせる。

丹波の守の北の方をば、宮、殿などのわたりには、匡衡《まさひら》衛門とぞいひはべる。（二〇一）

作者は日記に登場する多くの人物について、相手が知らないと思われる人物について、詳しく説明している。

大左衛門のおもと仕うまつる。備中の守むねときの朝臣のむすめ、蔵人の弁の妻。（一三七）

少将のおもとといふは、信濃の守佐光《すけみつ》がいもうと、殿のふる人なり。（一四五）

別当になりたる右衛門の督、大宮の大夫よ。（一五九）

式部のおもとはおとうとなり。（一九一）

女房批評の箇所で、主な女房について詳しく説明しているのも、普段一緒にいない人であるからだと考えられる。

相手は、土御門邸の内部の様子も詳しくは知らない。

渡殿の戸口の局（一二五）

と説明している。相手は作者が渡殿の局にいることは知っているかもしれない。ここでは、「戸口の局」であると、説明を加えたのではないかと思われる。また、

この渡殿の東《ひむがし》のつまなる宮の内侍の局（一六一）

と言う。相手は宮の内侍の局が渡殿の東の端であることを知らない。知っていれば「宮の内侍の局」と言えばすむはずである。

作者は里で相手に語りかけるように日記を書き、手紙という手段で送ったと考えられる。このような長い日記を書き送ったことから考えても、日記の相手は、作者が心から尊敬し信頼する人であると思われる。日記の中で、作者は次のように相手に語りかけている。

つれづれにおはしますらむ。またつれづれの心を御覧ぜよ。また、おぼさむことの、いとかうやくなしごとおほからずとも、書かせたまへ。見たまへむ。（二一一）

日記の相手は、寛弘六年の春のころに、「つれづれにおはしますらむ」と言われる人である。作者は相手に、自分の書いた日記を読んでくださいと言い、相手に何か書いてくださいと頼んでいる。作者は日記の中でこう言っていた。

はかなき物語などにつけて、うち語らふ人、おなじ心なるは、あはれに書きかはし、すこしけ遠きたよりどもをたづねてもいひけるを、（一六九）

日記の相手は、作者と手紙や作品を書きかわす「おなじ心なる」人であり、古くからの物語仲間であったと考えられる。

日記は、書き送られているが、明らかに一つの作品として意識されていた。作者は寛弘五年八月に、長い日記を書く決心をしてこの冒頭を書き起こしたと考えられる。長く書かれたことは、寛弘六年正月まで書かれた日記自体が証明している。

山吹と朝顔の歌

家集に次の二首がある。

八重山吹を折りて、ある所にたてまつれたるに、一重《ひとへ》の花の散り残れるをおこせたまへりけるに

をりからをひとへにめづる花の色は薄きを見つつ薄きとも見ず

世の中の騒がしきころ、朝顔を、同じ所にたてまつるとて

消えぬまの身をも知る知る朝顔の露とあらそふ世を嘆くかな

敬語の使い方から、この二首も身分の高い人に詠まれたものであり、日記を送った相手に対して詠まれたのではないかと考えられる。

この山吹と朝顔の二首の歌は、写本の山吹の歌の前に破損があり、前の歌との関連からいつの歌であるかの推定はできない。朝顔の歌の詞書《ことばがき》に「世の中騒がしきころ」とあり、疫病が流行したころの歌である。この疫病は、長保二年の冬に始まり、長保三年になっても続いていたものであると考えられる。朝顔の歌が詠まれたのは、長保三年の秋だと考えられる。

山吹と朝顔の歌が、同じ年の春と秋に詠まれたとすると、山吹の歌が詠まれたのは、長保三年の春であり、長保三年四月二十五日の宣孝の死の前に詠まれたものである。春のころの歌が、何気ない日常の中のやりとりと考えられるのに対して、秋の朝顔の歌には憂愁の色が濃く漂っている。

消息文竄入説

寛弘六年正月三日の記事に続く大納言の君、宣旨の君の二人の女房批評に続いて、

　このついでに、人のかたちを語りきこえさせば、ものいひさがなくやはべるべき。

（一八九）

と述べて、宰相の君、小少将の君、宮の内侍の女房批評へと移っていく。この箇所は、「このついでに」以下は、消息文が竄入《ざんにゅう》しているという説がある。しかし女房批評へ移る文章の続き方は自然であり、消息文は竄入していないと考えられる。身近でよく知っていて詳しく書ける人物から、しだいによく知らない書きにくい人物に移っていくところも自然である。

人物批評は、やがて和泉式部、赤染衛門、清少納言の三人の批評に移り、ここで一転して自分について語り、相手の作品を求めて結ばれている。

八月に書き始められた日記は、もともと手紙として送られていた。それが「このついでに」以下は、日記という枠を離れてしまったので、この部分は、ひたすら相手に語りかけることになっている。この部分は、一見消息文のように思える。なぜ消息文のような部分が書かれたのか、後に詳しく述べる。

日記を閉じる

寛弘五年十二月二十九日から書き始められた日記は、寛弘六年一月三日の行事の途中から、「このついでに」と女房批評に移り、人のことや自分自身のことをさまざまに語り、次のように結ばれている。

かく世の人ごとのうへを思ひ思ひ、はてにとぢめはべれば、身を思ひすてぬ心の、さても深うはべるべきかな。何せむとにかはべらむ。（二一二）

この部分は次のような意味だと考えられる。

このように、世間の人のことをあれこれと思って、その果てに（自分のことについては何も答えを出すこともなく）閉じるので、わが身を思い捨てない心が深いですね（自分のことは後で何とかなると思っていますね）。こんなことで、これから私はどうしようというのでしょうか。

この引用文の「閉じる」を、私はかつて、「このついでに」から脇道にそれていた文章を閉じて、ここで日記に戻ると解釈して、一月十一日の日記に戻ったと思っていた。しかし、十一日の暁は一月十一日ではなかった。

前著に述べたように、十一日の暁は、次のすきものと水鶏の歌へ続く寛弘六年五月の日記であると考えられる。

寛弘五年、彰子は四月十三日に土御門邸へ帰り、法華三十講は四月二十三日から五月二十二日まで行われ、彰子の御堂詣では五月五日に行われている。寛弘六年には、彰子は四月十余日に土御門邸に帰り、法華三十講は、四月二十六日から五月二十三日に行われている。寛弘六年の五月にも彰子の御堂詣でが行われたと考えられる。

「何せむとにかはべらむ」の箇所から、作者は日記に戻っていない。それでは、作者がここで閉じたのは何なのだろうか。「閉じる」のは、作品であり、日記である。そこで、作者がここで閉じたのは、冒頭からこの部分まで約半年にわたって書いてきた日記であると考えられる。寛弘六年一月三日に続く、寛弘六年二月、三月、四月の日記が書かれていないのは、作者が日記を閉じたからである。

作者は長く日記を書く決心をして八月に冒頭を書き、翌年一月に自分の意志で日記を閉じているので、日記は人に命じられて書かれたものではない。

日記の追加

寛弘六年一月までで日記を閉じた作者が、なぜ五月の日記を書いたのか考えてみる。

「このついでに」に続く記事の終わり近くに次の記事がある。

　されど、つれづれにおはしますらむ。またつれづれの心を御覧ぜよ。また、おぼさむことの、いとかうやくなしごとおほからずとも、書かせたまへ。見たまへむ。

　（二一）

作者は、「私の書いたものを読んでください。また、何か書いてください。拝見しましょう」と言っている。

二月から四月の間に何が起こったか考えると、相手が作者の願いに応えて、何か作品を送ってきたことが考えられる。相手は最近の出来事か歌などの作品とともに、「これからも、毎月でなくてもいいから日記を続けて書いてほしい」と言ってきたのではないかと想像される。作者は、それに応じて、五月の日記を書いて送ったのではないだろうか。そして、その次に送ったのが、寛弘七年正月の日記だったのではないかと考えられる。日記が閉じられた後に、五月と翌年一月の日記が書き加えられたという形が見えてくる。

「このついでに」に続く部分の結び近くに、

　夢にても散りはべらば、いといみじからむ。耳も多くぞはべる。（略）御覧じては疾《と》

うたまはらむ。（二一一）

と、見たら早く返してほしいと頼んでいるので、相手は後に作者に日記を返したことが考えられる。日記に後からの加筆があり、官職の訂正があるのは、いったん返却されたこと以外の理由は考えられない。

作者は、日記を自分の作品だと意識していて、八月から翌年一月までの日記を、読んだら返してほしいと言っている。

寛弘六年五月の日記は、十一日の暁と五月後半に詠まれたと思われる四首の歌を持ち、寛弘七年正月の日記は、前半の三日までと、後半の十五日の記事を持ち、どちらも日記と言える最低限の条件は備えていると考えられる。二回とも、日記として送られている。

二　日記はいつ書かれたか

日記は七回書かれた

寛弘五年八月に書き始められた日記は、寛弘六年正月まで、次のように五回にわたって書かれたと考えられる。

①寛弘五年八月中旬〜八月二十六日
②寛弘五年九月九日〜九月十九日
③寛弘五年十月十余日〜十月十七日
④寛弘五年十一月一日〜十一月二十八日
⑤寛弘五年十二月二十九日〜寛弘六年正月三日

これらの日記は、八月から毎月書かれ、十二月だけが翌月に及んでいるが、これは十一月の出仕が不規則に二回あったことの影響が及んでいると考えられる。⑤で日記が閉じられ、二回の日記が追加されて、日記は全部で七回書かれたと考えられる。

これらの日記は、出仕して里へ帰って、次の出仕までの間に書かれたと考えられる。それぞれの箇所につい最近の出来事であることを思わせる語句が見られる。

寛弘六年正月に、「今年」と言っている。

ことしの御まかなひは大納言の君。（一八七）

寛弘七年正月に、「今年」と言っている。

ことし正月三日まで、（二一五）

ことしの朔日《ついたち》、御まかなひ宰相の君、（二一五）

二つの正月の記事は、それぞれ、その年に書かれている。

寛弘六年正月の記事として、

をとことしの夏ごろより、楽府《がふ》といふ書《ふみ》二巻《にくわん》をぞ、しどけなながら教へたてきこえさせてはべる、（二一〇）

とあるので、彰子への楽府進講は寛弘四年の夏ごろからである。

寛弘六年正月の日記に、

このごろ反古《ほんご》もみな破《や》り焼きうしなひ、雛などの屋づくりに、この春しはべりにし後、人の文もはべらず、紙にはわざと書かじと思ひはべるぞ、いとやつれたる。

（二一）

とあり、「このごろ」反古紙を処分し、雛の家を作ったのが「この春」のことであるという。寛弘六年正月の作者は、十日ごろまで出仕し、その後里へ帰り、一月中旬に反古紙を処分し雛の家作りをして、一月下旬にこの日記を書いていると考えられる。

日記が里へ帰って程なく書かれたことは、日記に現在を表す言葉が多く見られることによってわかる。「いま」「けふ」「今宵」「またのあした」「よべ」「けさ」「またの日」の例を挙げる。

いま、里よりまゐる人々は、（一三一）　寛弘五年九月十日

いま一間にゐたる人々、（一三三）　寛弘五年九月十一日

けふ伊勢の奉幣使《みてぐらづかひ》、（一三七）　寛弘五年九月十一日

今宵の御まかなひは宮の内侍、（一四三）　寛弘五年九月十五日

今宵の儀式は、ことにまさりて、（一四八）　寛弘五年九月十七日

今宵は、おもて朽木がたの几帳、（一四九）　寛弘五年九月十九日

またのあしたに、内裏の御使、（一六〇）　寛弘五年十月十七日

今宵少輔の乳母、色ゆるさる。（一六二）　寛弘五年十一月一日

今宵は無きものと思はれてやみなばやと思ふを、(一七三)　寛弘五年十一月十七日

よべの御おくりもの、けさぞこまかに御覧ずる。(一七四)　寛弘五年十一月十八日

またの日、夕つかた、いつしかと霞みたる空を、(二一八)　寛弘七年正月二日

寛弘五年十一月二十八日に「去年」と言っているのは、寛弘四年十一月の賀茂の臨時祭を指すと考えられる。

兼時が、去年《こぞ》まではいとつきづきしげなりしを、(一八四)

日記を書いている時に、作者はそれを現在と意識していることがうかがわれる。

寛弘五年八月―物語に惹かれる心

八月はまだ皇子誕生にかかわる行事は、五壇の御修法くらいしかなく、八月の日記は比較的短い。日記は秋の夜から書き起こされ、その夜の彰子の様子は、

憂き世のなぐさめには、かかる御前をこそたづねまゐるべかりけれと、うつし心をばひきたがへ、たとしへなくよろづ忘らるるも、かつはあやし。(一二三)

と、思わず現実の憂いを忘れて、引き込まれてしまうほど美しい。夜が明けて、露もまだ落ちないころの、道長との女郎花の歌のやりとりも物語の一場面のようである。八

月には、他に二つの物語的な場面が描かれている。

しめやかなる夕暮に、宰相の君と二人、物語してゐたるに、殿の三位《さんみ》の君、簾《すだれ》のつま引きあげて、ゐたまふ。年のほどよりはいとおとなしく、心にくきさまして、（略）うちとけぬほどにて、「おほかる野辺に」とうち誦《ず》して、立ちたまひにしさまこそ、物語にほめたるをとこの心地しはべりしか。（二二六）

宰相の君と二人でいるところに頼通が訪れて、しみじみと話をして去る様子を、作者は物語の中の人物のようだと感じている。

上よりおるる途《みち》に、弁の宰相の君の戸口をさしのぞきたれば、昼寝したまへるほどなりけり。（略）絵にかきたるものの姫君の心地すれば、口おほひを引きやりて、「物語の女の心地もしたまへるかな」といふに、見あけて、「もの狂ほしの御さまや。寝たる人を心なくおどろかすものか」とて、すこし起きあがりたまへる顔の、うち赤みたまへるなど、こまかにをかしうこそはべりしか。おほかたもよき人の、をりからに、またこよなくまさるわざなりけり。（二二八）

通りがかりに、宰相の君の戸口をのぞくと、昼寝をしていた。絵に描いた物語の姫君のようだったので、思わず口を覆っていた袖を引きのけて起こしてしまった。起きあがった宰相の君の顔は、日ごろから美しい人が、またこよなく美しかったという。

宰相の君は、日記にもっとも多く名が出てくる女房で、宰相の君、小少将の君、大納言の君は、作者がもっとも親しかった三人である。

八月の日記の中に、四箇所も物語を思わせる場面が描かれている。このころの作者は、第二部を書き終えて、何も書く物語はなかったと思われるが、見たものから、自然に物語を思わずにはいられなかったようである。やはり無意識にも物語作者の目で見ているのだと思われる。そして、相手に物語のようだったと伝えずにはいられないのであろう。日記が、公的な記録であれば、同僚の女房の昼寝の様子が書かれることはないであろう。日記はやはり親しい相手に、見たこと思ったことを伝える私的な作品であったと考えられる。

寛弘五年九月

九月の日記は、九日の菊の節句に、倫子《りんし》から贈られた菊の綿のことから書き始められ、皇子誕生と、それに続く儀式や行事が詳しく書かれている。
十一日　敦成親王の誕生・十三日　三日の産養《うぶやしない》・十五日　五日の産養

十六日　月夜の舟遊び・十九日　九日の産養

寛弘五年十月

彰子の出産予定は九月であり、草子作りの最初の予定は十月の出仕日の中だったと考えられる。作者は草子作りがあると思って十月十日ごろに出仕し、その後彰子の体調によって草子作りが延期になり、仕方なく十七日で帰ったと考えられる。

十月の日記は、行幸当日の記事以外に書かれているのは、道長の祖父ぶり、庭を見ての思い、小少将の君との歌のやりとり、たまたま局に来た斉信と実成のことだけであり、十月の日記に書かれた日数は、とても短かった。

寛弘五年十一月—草子作り

入らせたまふべきことも近うなりぬれど、人々はうちつぎつつ心のどかならぬに、御前には、御冊子《みさうし》つくりいとなませたまふとて、明けたてば、まづむかひさぶらひて、いろいろの紙選りととのへて、物語の本どもそへつつ、ところどころにふみ書きくばる。かつは綴ぢあつめしたたむるを役にて、明かし暮らす。（一六七）

草子作りは、まず依頼状を書くことから始まる。依頼状には、紙と見本が添えられる。見本は、作者が清書したもので、「物語の本どもそへつつ」と、綴じられて本の形になっている。依頼状を届けると、依頼された相手が書写を始めるので、書写されている間、何日か、何もすることがなくなる。

草子作りの後半は、一条天皇への献上本が綴じられる。草子作りは、まず前半の依頼状の発送があり、「かつは」と、後半のもう一つの仕事がある。草子作りの終了は、十一月十日より前だと考えられる。草子作りは比較的小規模に、短い日数で終わっている。

局に、物語の本どもとりにやりて隠しおきたるを、御前にあるほどに、やをらおはしまいて、あさらせたまひて、みな内侍の督の殿に、奉りたまひてけり。よろしう書きかへたりしは、みなひきうしなひて、心もとなき名をぞとりはべりけむかし。

（一六八）

作者は草子作りに使う本を局に隠していた。この中には書写の見本が含まれているが、書写の見本は依頼状とともに、すべて発送されてしまう。局にあった本の中には、書写の見本の他に、道長が持っていった本があった。書写の見本は、「よろしう書きかへたりし」という清書本であり、その他は清書されていない作者自身の本であったと考えられる。
作者は草子作りに使う本を局に隠しておいたのだが、これはいつから隠されていたのだろうか。おそらく十月に出仕した時に局に隠して、それ以来局に置かれていたと考えられる。十一月一日に本を取り寄せて局に置いても、すぐ草子作りが始まり、「局に隠しておいた」とは言わないのではないだろうか。十一月一日の日記は夜の行事から書かれていて、この日も夜から出仕したとすると、続いて草子作りが行われたことが考えられる。彰子への献上本は十月に参上した時、あるいはそれ以前に献上されていたと考えられる。

「なぞの子もちが、つめたきに、かかるわざはせさせたまふ」と、聞こえたまふものから、よき薄様ども、筆、墨など、持てまゐりたまひつつ、御硯をさへ持てまゐりたまへれば、とらせたまへるを、惜しみののしりて、「もののくにて、むかひさぶらひて、かかるわざし出づ」とさいなむ。されど、よきつぎ、墨、筆など、たまはせたり。（二六八）

道長は彰子に、「冷たいのに、こんなことをしなくてもいいではないか」と言っているので、草子作りは彰子によって主導されているものであり、道長の主催によるものではないことがわかる。道長は作者に、「奥まった所で、向かいあって、こんなことをして」と責めているのであり、作者に草子作りを命じてはいない。

道長は局に本を取りにきたのであるから、新しい『源氏物語』を持っていなかったと考えられる。持っていれば、それを妍子に献上するか、もう一部妍子のために書写することができたはずである。道長は、作者にもう一部書写するように命ずることもできず、元の本をくれとも言えなかった。

草子作りが終わった時点で、『源氏物語』の原本は三部ある。作者の原本と、一条天皇への献上本、彰子への献上本の三部である。この三部の内容が同一のものであったことは認められることであろう。最初のころの書写は、この三本を起点として、問題なく行われていたと考えられる。

作者は少なくとも二部の清書を行ったと考えられるが、作者とその物語仲間の存在を考えると、作者は物語仲間のためにも一部書写したことが考えられる。草子作りが行われたころから、作者の周辺の物語仲間による書写も広がっていったのではないかと考えられる。

寛弘五年十一月—里居

御前の池に、水鳥どもの日々におほくなりゆくを見つつ、入らせたまはぬさきに雪降らなむ、この御前の有様、いかにをかしからむと思ふに、あからさまにまかでたるほど、二日ばかりありてしも雪は降るものか。（一六九）

草子作りが終わって、作者が里へ帰ったのは、十一月十日か十一日ではないかと考えられる。里へ帰って二日ほどで雪が降り、雪の後も二日か三日里にいるので、里にいた日数は五日か六日であると考えられる。

倫子の手紙で予定より早く帰ったというのは、十七日の還啓《かんけい》の当日帰る予定を十六日に早めたか、その前日に帰ったのではないかと思われる。

作者の里居は、十一月十日か十一日から十五日か十六日までの、七日の間の五日か六日であろうと考えられる。十一月はたまたま月に二回出仕したので、これまでは書かれることのなかった貴重な里居の様子が描かれることになった。

十一月の後半は、例年通りの出仕で、次のような多くの行事があった。

十七日　彰子の内裏への還啓・二十日　五節の舞

二十一日　寅の日・御前の試み・二十二日　童女御覧・二十八日　賀茂の臨時祭

十一月後半の日記の記事は、十七日から二十八日までの十二日間のものとなる。

寛弘五年十二月から寛弘六年正月の日記

十一月に二回出仕したためか、十二月の出仕は二日しかない。それで、いつもは書かれない出仕の際の心情と歌が書かれる。

師走の二十九日にまゐる。はじめてまゐりしも今宵のことぞかし。いみじくも夢路にまどはれしかなと思ひ出づれば、こよなくたち馴れにけるも、うとましの身のほどやとおぼゆ。（略）

年くれてわが世ふけゆく風の音に心のうちのすさまじきかな

とぞひとりごたれし。（一八四）

三十日の夜の引きはぎの件が詳しく書かれるのも、十二月の日記が二日分しかないためであろうと考えられる。翌年の正月の記事もすぐに終わってしまう。そこで作者は、正月の記事に続けて、「このついでに」と、日記を引き延ばすことにしたと考えられる。

正月の記事の後、日記を引き延ばすことは、十二月の日記を執筆する時から決めていたと考えられる。「このついでに」の後に、人のことや自分のことなど、書きたかったことをすべて書いて、ここで日記を終了することも、執筆の時から決めていたことだと考えられる。

寛弘六年正月と寛弘七年正月の日記は、ともに一日から三日の記事を持ち、この二つを比較するとわかることがある。

寛弘七年正月の三日の日記の後に、次のように書かれている。

あからさまにまかでて、二の宮の御五十日は、正月十五日、その暁にまゐるに、(二一八)

一月十五日の前に、少し里に帰っていたと言う。作者は一月十日ごろまで内裏にいて、その後、再び十五日に出仕している。一月四日から十日ごろまでは出仕していても何も書くことがなかったのである。寛弘六年正月も、十日ごろまで出仕していても何も書く材料がなかったと考えられる。作者が日記を閉じることにしたのも、二月以後何も行事がなかったからだったと考えられる。八月からの日記の行数を比較すると、十二月一月の日記の行数が少なかったことがわかる(表参照)。十二月一月の五日間の記事は、これまでのどの月の日記よりも短い。十一月一日の一日の行数にも及ばない。何か書き足そうと思うのももっともだと思われる。書き足した「このついで」以下は、結局十一月の日記よりも長くなった。

各月の行数　寛弘5年8月～寛弘6年1月

記　事	行　数	行数合計
8月中旬～8月26日	58	58
9月9日～9月19日	228	228
10月十余日~17日	131	131
11月1日	61	
草子作り	14	
里居	34	
17日~28日	133	242
12月29日～1月3日	51	
このついでに~	262	313

行数は新日本古典文学大系本による

日記の返却と訂正

寛弘六年正月に、作者は日記の返却を求めている。しかしこの時は返却されず、二回の日記の追加の後、寛弘七年正月以後に、日記が返却されたと考えられる。作者は返却された日記を読み返して、いくつかの書き込みや訂正を行っていると考えられる。その時期がわかるのは、寛弘六年正月に書かれた赤染衛門の呼び名が、後に訂正されたことによる。

丹波の守の北の方をば、宮、殿などのわたりには、匡衡衛門《まさひら》とぞいひはべる。（二〇二）

赤染衛門の夫、大江匡衡が丹波の守になったのは、寛弘七年三月三十日であるから、この説明が書かれたのはそれ以後である。日記が返却されたのは、寛弘七年三月三十日以後である。

寛弘五年に書かれた次の六つの官職も後に書き換えられたと考えられる。

①播磨の守、碁の負態《まけわざ》しける日、（一二六）

八月十九日以前の記事。播磨の守は、平生昌《なりまさ》だと考えられ、播磨の守になったのは、寛弘六年三月二十日である。

②美濃の少将済政《なりまさ》などして、遊びたまふ夜もあり。（一二七）

八月二十余日の記事。美濃の守は、源済政を指すが、済政が美濃の守になったのは、寛弘六年以後とされる。
③御湯殿《おほんゆどの》は酉《とり》の刻《とき》とか。（略）尾張の守知光《ちかみつ》、（略）御簾のもとにまゐる。（一三八）
九月十一日の記事。尾張の守知光は、藤原知光で、寛弘七年三月に尾張守となってい る。尾張守知光は、織部正親光《ちかみつ》の誤写であるという説もある。織部正親光であれば、『御堂関白記』の寛弘五年十月十七日の条に見えている。
④大式部は、陸奥の守の妻、殿の宣旨よ。（一四四）
九月十五日の記事。陸奥の守は、藤原済家《なりいえ》で、済家の陸奥の守任官は、寛弘六年正月とされる。
⑤四条の大納言にさしいでむほど、（一四六）
九月十五日の記事。四条の大納言は、藤原公任。公任の権大納言昇進は、寛弘六年三月四日である。
⑥侍従の中納言、（一七四）
十一月十八日の記事。侍従の中納言は藤原行成で、行成の権中納言昇進は、寛弘六年三月四日である。

公任と行成は、同日の昇進である。公任は、この後寛弘七年正月二日の記事、同十五日の記事で四条の大納言と呼ばれているが、寛弘五年十月十六日の記事、十一月一日の記事では左衛門の督と呼ばれていて、作者はすべての官職を厳密に書き直したわけではない。読み直して、たまたま気づいた所を訂正したということであろうか。

作者による加筆

作者は、冒頭近くに、次の三箇所の加筆をしていると考えられる。

①かばかりなることの、うち思ひいでらるるもあり、そのをりはをかしきことの、過ぎぬれば忘るるもあるは、いかなるぞ。（一二六）

これは、「しめやかなる夕暮に、宰相の君と二人、物語していたるに」と始まり、殿の三位の君を「物語にほめたるをとこの心地しはべりしか」とする箇所の後にある。

②扇どもも、をかしきを、そのころは人々持たり。（一二七）

これは、「播磨の守、碁の負態《まけわざ》しける日、あからさまにまかでて」と始まる箇所の後にある。

③年ごろ里居したる人々の、中絶《なかだ》えを思ひおこしつつ、まゐりつどふけはひ、さわが

しうて、そのころはしめやかなることなし。（一二七）

これは、八月二十日過ぎの土御門邸の人々の様子を描いた箇所の後にある。

断り書き

日記の中で、次のように、作者が相手に対して、「それは見なかった」「見えなかった」と断りを言っている箇所がある。

緑などもたまひける、そのことは見ず。（一三七）

右衛門の督は御前のこと、沈《ぢん》の懸盤《かけばん》、白銀の御皿など、くはしくは見ず。（一四一）

またつつみたるものそへてなどぞ聞きはべりし。くはしくは見はべらず。（一四九）

御まかなひ橘の三位、青いろの唐衣、唐綾の黄なる菊の袿《うちき》ぞ、表着《うはぎ》なんめる。ひともと上げたり。柱がくれにて、まほにも見えず。（一五七）

うちやすみ過ぐして、見ずなりにけり。（一六〇）

何くれの台なりけむかし。そなたのことは見ず。（一六二）

弁の内侍、中務の命婦、小中将の君など、さべいかぎりぞ、取りつぎつつまゐる。奥にゐて、くはしうは見はべらず。（一六二）

中宮の大夫、四条の大納言、それより下は、え見はべらざりき。（二二一）

また、次の箇所では、「よく知らないので、間違っているかもしれない」と断りを言っている。

藤三位《とうさんみ》をはじめにて、侍従の命婦、藤少将の命婦、馬の命婦、左近の命婦、筑前の命婦、少輔《せう》の命婦、近江の命婦などぞ聞こえはべりし。くはしく見知らぬ人々なれば、ひがごともはべらむかし。（一四七）

断り書きは、日記の相手に対する説明、言い訳などの心情によって書かれていると考えられる。必要ないことを省略している場合もあると見られる。

日記に何を書いたのか

作者は半年にわたって書いてきた日記を閉じるにあたって、次のように述べている。

御文にえ書きつづけはべらぬことを、よきもあしきも、世にあること、身の上のうれへにても、残らず聞こえさせおかまほしうはべるぞかし。（二一一）

この部分の口語訳は、次のようになる、

普段のお手紙に書けないことを、よいことも悪いことも、世の中の出来事や、自分自身の心の憂いも、残らず聞いていただきたいと思うのです。

普段の手紙に書けないことを、日記という形で書きたいということが、この日記を書いた動機であったと考えられる。このことから、作者が日記を書き送った相手は、普段手紙をやりとりする人であると考えられる。

日記の内容は、世の中の出来事や、自分の思いで、これは前年八月から今まで書いてきた日記の内容と完全に一致する。作者は土御門邸のさまざまな行事と、その時々の心の憂いを書き続けてきた。「世にあること」と「身の上のうれへ」が、同等の重みを持つことは注目するべきことである。日記に何を書いたかについては、河内山清彦氏の論がある（1）。

華やかな行事の合間合間に記される憂愁の思いは、日記の印象をより深くしている。憂愁の記述の例を引用する。

行幸近くなりぬとて、殿のうちを、いよいよつくりみがかせたまふ。よにおもしろき菊の根を、たづねつつ掘りてまゐる。色々うつろひたるも、黄なるが見どころあるも、さまざまに植ゑたてたるも、朝霧の絶え間に見わたしたるは、げに老《おい》も退《し》ぞきぬべき心地するに、なぞや、まして、思ふことの少しもなのめなる身ならましかば、すきずきしくもてなしわかやぎて、常なき世をもすぐしてまし、めでたきこと、おもしろきことを、見聞くにつけても、ただ思ひかけたりし心の、ひくかたのみつよくて、もの憂く、思はずに、嘆かしきことのまさるぞ、いと苦しき。いかで、いまはなほ、もの忘れしなむ、思ひがひもなし、罪も深かなりなど、明けたてば、うちながめて、水鳥どものの思ふことなげに遊びあへるを見る。

水鳥を水の上とやよそに見むわれも浮きたる世をすぐしつつ

かれも、さこそ、心をやりて遊ぶと見ゆれど、身はいと苦しかんなりと、思ひよそへらる。（一五一）

行幸の日が近づいて、土御門邸は一段と美しく磨き上げられていく。庭一面に咲く菊の花を見ても、もの思いのない身であったならば、楽しそうに振る舞うこともできるのにと思ってしまう。すばらしいものを見ても、かえって心の憂いが意識されて、嘆かわしさがつのってしまう。しいてもの思いを忘れようとするのだけれど、夜が明けて、水鳥が遊ぶのを見ても、我が身と思い比べて、水鳥もつらいのだろうと思わずにはいられない。

日記に見られる作者の憂愁の思いは、家集では、宣孝没後の朝顔の歌あたりから見られるもので、人の世のはかなさ、世にあることのつらさを嘆く心情であり、宮仕えにあっては、小少将の君や大納言の君と共有しあうもので、両者との歌のやりとりがある。日記に憂愁の思いを記したのは、相手にわかってもらいたかったからであり、また相手とは、わかってくれるはずだという信頼関係にあったと考えられる。作者は長く一人の相手に日記を送り続けているが、日記は二人だけの秘密事項であったというわけではないと考えられる。

作者が作品の返却を求め、相手も応じているのであるから、作品はやがては物語仲間に披露するものであるという、二人の間の暗黙の了解があったと考えられる。作者と物語仲間は、歌や身辺雑記などの作品をやりとりするのであるから、作者と物語仲間の間には、日記以外にも多くの作品のやりとりがあったと考えられる。

1　河内山清彦『紫式部集・紫式部日記の研究』桜楓社　一九八〇年

水鳥と駕輿丁

十月十六日、一条天皇の土御門邸行幸の際には、階段の先で身を屈める駕輿丁《かよちょう》を見て、自分も同じようなものだと思っている。

御輿《みこし》むかへたてまつる船楽《ふながく》、いとおもしろし。寄するを見れば、駕輿丁の、さる身のほどながら、階《はし》よりのぼりて、いと苦しげにうつぶしふせる、なにのことごとなる、高きまじらひも、身のほどかぎりあるに、いとやすげなしかしと見る。（一五三）

このころの作者は、見るものの聞くものにつけて、わが身と引き比べて、愁いに沈んでいる。水鳥を見て、水鳥もつらいだろうと思い、駕輿丁を見て、自分も駕輿丁と同じようだと思うのは、当時の作者の心情がそれほど暗かったことを示している。

作者は駕輿丁を駕輿丁の身分の者として見て、自分も「高きまじらひ」をしていても同じだと思っている。作者の身分の低い者に対する見方は、日記に「あやしきしづの男のさへづりありくけしきどもまで」「何ばかりの数にもあらぬ五位どもなども」などとあり、「下衆の家に雪の降りたる」と言う『枕草子』と同じである。

寛弘六年の紫式部

寛弘六年六月以後の作者の動静を家集の中に探してみる。家集に次の歌がある。

内裏に、水鶏《くひな》の鳴くを、七八日の夕月夜に、小少将の君

天《あま》の戸の月の通ひ路ささねどもいかなるかたにたたく水鶏ぞ

返し
槇の戸もささでやすらふ月影に何をあかずとたたく水鶏ぞ

六月は、彰子は十九日に土御門邸に帰ったと記されている（『御堂関白記』『日本紀略』）ので、六月七、八日は内裏にいたと考えられる。

その後は、家集に次の歌がある。

五節《ごせち》のほど参らぬを、「くちをし」など、弁の宰相の君ののたまへるに
めづらしと君し思はばきて見えむ摺《す》れる衣のほど過ぎぬとも

返し
さらば君山藍《やまゐ》のころも過ぎぬとも恋しきほどにきても見えなむ

作者は寛弘五年の五節について詳しく記し、これまで十一月後半の行事は毎年見てきたことを記していた。この歌は、前年まで一緒に楽しんでいた作者の不在を寂しく思った宰相の君とのやりとりであり、寛弘六年十一月の歌だと考えられる。岩波文庫の南波浩氏の注は、この歌を寛弘六年十一月の歌とする。

十一月に作者が出仕できなかったとすれば、十一月二十五日の敦良《あつなが》親王の誕生の記事が書かれていないことにも説明がつく。

十一月の五節に来られない歌からは、このころ十一月にかけて数か月、作者が引きこもっていたことが考えられる。寛弘六年の後半、数か月の引きこもり期間があったことを想定すれば、五月の日記の後に、かなりの空白があることも理解できる。

寛弘六年後半の引きこもりには、七月二十八日の具平親王の突然の死が、何らかの形でかかわりがあったことも考えられる。

三　現行日記の成り立ち

日記歌

古本系家集の二本（陽明文庫本・宮内庁書陵部本）は、巻末に十七首の日記歌を持っている。日記歌の最初の五首は、現行日記に見られないものであり、このことから、現行日記は本来この五首を含むものであったとする首欠説が唱えられている。

次に、古本系家集の日記歌五首を引用する（便宜上歌に番号をつけた）。

日記歌1

三十講の五巻、五月五日なり。今日しもあたりつらむ提婆品《だいばぼん》を思ふに、阿私仙《あしせん》よりも、この殿の御ためにや、木の実もひろひおかせけむと、思ひやられて

妙《たへ》なりや今日は五月《さつき》の五日とていつつの巻にあへる御法《みのり》も

日記歌2

池の水の、ただこの下に、かがり火にみあかしの光りあひて、昼よりもさやかな

るを見、思ふこと少なくは、をかしうもありぬべきをりかなと、かたはしうち思ひめぐらすにも、まづぞ涙ぐまれける

日記歌3

かがり火の影もさはがぬ池水に幾千代《いくちよ》すまむ法《のり》の光ぞ

おほやけごとに言ひまぎらはすを、大納言の君

澄める池の底まで照らすかがり火にまばゆきまでもうきわが身かな

日記歌4

五月五日、もろともに眺めあかして、あかうなれば入りぬ。いと長き根を包みてさし出でたまへり。小少将の君

なべて世のうきになかるるあやめ草今日までかかるねはいかが見る

日記歌5

返し

なにごととあやめはわかで今日もなほたもとにあまるねこそ絶えせね

日記歌は、十七首あり、最初の五首と最後の一首は現行日記に見られず、十一首が現

行日記に一致する。日記歌は、次のような形態を持つ。

A　五首

B　十一首（現行日記に一致）

C　一首

この形態は、日記歌は現行日記を零本と見なして、現行日記の前後に、他の資料からの歌を補足したことを示唆している。つまり必ずしも原日記の存在を示すものではなく、ACともに外部資料の引用であると見ることができる。

Cの一首は、『後拾遺集』に「題知らず」として採られていて、『後拾遺集』の歌とCの歌は、共通する資料から採られていると考えられる。

Aの歌五首は、次に引用する定家本系家集の七首に一致し、Aの五首と定家本系家集は、共通する資料から採られたと考えられる。

古本系家集に次の一首がある。

土御門院にて、遣水の上なる渡殿の簀子《すのこ》にゐて、高欄におしかかりて見るに

影見てもうきわが涙おちそひてかごとがましき滝の音かな

この歌も定家本系家集の七首と一致する。古本系家集は、作者の「影見ても」の歌一

首だけを採り、この歌に対する小少将の君の返歌を省略している。日記歌は、返歌だけを書くわけにはいかなかったので五首になったと考えられる。

定家本系家集の七首

定家本系家集の七首を引用する（便宜上歌に番号をつけた）。

定家本系家集1

土御門殿にて、三十講の五巻、五月五日にあたれりしに

妙なりや今日は五月の五日とて五つの巻のあへる御法も

定家本系家集2

その夜、池のかがり火に、みあかしの光りあひて、昼よりも底までさやかなるに、

菖蒲の香今めかしう匂ひくれば

かがり火の影もさわがぬ池水に幾千代すまむ法の光ぞ

定家本系家集3

おほやけごとに言ひまぎらはすを、向ひたまへる人は、さしも思ふことものしたまふまじきかたち、ありさま、よはひのほどを、いたう心深げに思ひ乱れて

澄める池の底まで照らすかがり火のまばゆきまでもうきわが身かな
定家本系家集4
やうやう明けゆくほどに、渡殿にきて、局の下より出づる水を、高欄をおさへて、しばし見ゐたれば、空のけしき、春秋の霞にも霧にも劣らぬころほひなり。小少将のすみの格子をうちたたきたれば、はなちておしおろしたまへり。もろともにおりゐてながめゐたり
影見ても憂きわが涙落ち添ひてかごとがましき滝の音かな
定家本系家集5
返し
ひとりゐて涙ぐみける水の面《おも》にうき添はるらん影やいづれぞ
定家本系家集6
明かうなれば入りぬ。長き根を包みて
なべて世のうきに泣かるるあやめ草今日までかかる根はいかが見る
定家本系家集7
返し

何事とあやめは分かで今日もなほ袂にあまるねこそ絶えせね

定家本系家集の七首は、寛弘五年五月五日の法華三十講の歌三首に続いて、夜が明けて六日の歌四首が詠まれている。第一首は作者の歌で、続く六首は贈答歌である。五日の夜の歌は、大納言の君との贈答歌で、池を照らすかがり火が詠まれている。六日の四首は、小少将の君との贈答歌である。

定家本系家集と古本系家集の共通の資料となる、五月五日と六日の七首の歌があったと考えられる。家集の詞書が長いことから、作者の原作は、五月五日六日の出来事を詳しく書いて歌を添えたものであったと考えられる。

寛弘五年五月五日の作品

寛弘五年の作者は、かなり早い時期に「源氏物語」の第二部の草稿を書き終えて、五月のころには、草子作りの元になる本を仕上げていたと考えられる。五月の出仕から里へ帰った作者は、五月五日の出来事を作品にしようと思う心の余裕があったと考えられる。

作者は寛弘五年五月五日の法華三十講の作品を物語仲間に披露し、この作品は物語仲間によって共有されたと考えられる。作品は、作者周辺の物語仲間から世の中に知られていったと考えられる。

寛弘五年五月の作者は、まだ日記を書こうとは思っていない。もし作者が五月五日から日記を書き始めたのであれば、これに続く五月の日記、六月、七月の日記が書かれているはずであるが、そのようなものはどこにも存在していない。

六月七月は、作者は草子作りの清書のために多忙だったと考えられる。草子作りの準備の終了と、八月の日記の開始は、無関係だとは思えない。

五月五日の法華三十講を描いて書き始められた作品は、夜が明けて六日に及び、たまたま二日の内容を持った作品は、五月五日六日の日付を持つことから、後の人から日記と見なされるに至ったと考えられる。

藤原定家の『明月記』の記事にある月次絵《つきなみえ》二巻は、十二の月にそれぞれ絵と歌を書いたもので、作者名、歌が書かれ、歌にふさわしい絵が描かれている。五月の絵には、「紫式部」「日記」「暁の景気」という三つの説明がある。紫式部の歌は、法華三十講七首の第四首で、五月六日の暁の景気が描かれていると考えられる。この『明月記』の「日記」も、五月五日の作品を指すと考えられる。現行日記の十一日の暁には、歌は含まれず、『明月記』の指す絵は、寛弘六年五月十一日の日記の絵ではない。

日記の成り立ち

現行日記に対して、次の二説がある。

① 作者は五月五日の日記から書き始め、後に五月の五日六日の部分は欠落した（首欠説）

② 後の人が、冒頭に五月五日六日の記事を入れた（補入説）

作者が五月五日から日記を書き始めたのなら、その部分が欠落する理由は何も考えられない。現存する写本のすべてが秋から始まっていることは、首欠説否定の方向を指し示している。

補入説自体が、現行日記の外部に資料があったことを示すものである。資料は外部にあり、後の人は補入しなかったと考えられる。

今まで見てきた現行日記の内容と、五月五日の作品の内容を照らし合わせると、両者はとても一つの作品であるとは考えられない。

五月五日の作品は、家集の詞書の長さから考えて、詳しい状況の説明の後に歌が詠まれる歌物語のような形であるが、現行日記の特徴は、歌が少ないことである。五月五日の作品では、一つの行事に七首の歌があるが、現行日記では、十一月一日の五十日の祝いに、作者と道長の贈答歌二首があるのが、歌数がもっとも多いものである。

八月に日記を書き始めた作者は、まったく同一の方針で日記を書き続け、行事や相手に伝えたい内容の記述は詳しいが、歌は少ないのである。五月五日の作品と現行日記は、別の方針によって書かれたまったく別の作品だと考えられる。

原形五月五日の作品

古本系家集と定家本系家集の歌と詞書によって、もとになった作品の原形を推定することができる。

日記歌2の詞書に、「池の水の、ただこの下に、かがり火にみあかしの光りあひて、昼よりもさやかなるを見」とあるが、五月五日の作品に彰子の御堂詣でがあったことが書かれていて、「ただこの下に」が、「御堂の下」であることがわかるはずである。

定家本系家集3の詞書に、「おほやけごとに言ひまぎらはすを」とあるが、この前に、日記歌2の、「思ふこと少なくは、をかしうもありぬべきをりかなと、かたはし思ひめぐらすにも、まづぞ涙ぐまれける」が書かれていたはずである。定家本系の詞書だけでは、何を「言ひまぎらはす」のかわからない。

定家本系家集3の詞書に、「向かひたまへる人は」とあるが、日記歌3の詞書のように、「大納言の君」という名が書かれていたと思われる。

『栄花物語』には、土御門邸の法華三十講の詳しい記事があり、五月五日の夜は次のように描かれている。

夜になりて、宮また御堂におはします。内侍の督の殿などと御物語なるべし。池のかがり火に、みあかしの光どもゆきかひ照りまさり、御覧ぜらるるに、菖蒲の香も今めかしうをかしうかをりたり。

定家本系家集2の詞書を引用する。

その夜、池のかがり火にみあかしの光りあひて、昼よりも底までさやかなるに、菖蒲の香今めかしう匂ひくれば

「菖蒲の香今めかしう匂ひくれば」は、五月五日の作品にあったと考えられる。『栄花物語』、定家本系家集ともに、原形五月五日の作品によって書かれていると考えられる。

五月六日の夜明けの状況について、古本系家集と定家本系家集の二つの詞書を引用する。

土御門院にて、遣水の上なる渡殿の簀子にゐて、高欄におしかかりて見るに（古本系）

やうやう明けゆくほどに、渡殿にきて、局の下より出づる水を、高欄をおさへて、しばし見ゐたれば、空のけしき、春秋の霞にも霧にも劣らぬころほひなり。小少将のすみの格子をうちたたきたれば、はなちておしおろしたまへり。もろともにおりゐてながめゐたり（定家本系）

しだいに夜が明けて、作者は御堂から渡殿へ帰ってくる。「遣水の上なる渡殿」「局の下より出づる水を」によって、土御門邸の水は北から渡殿の下を通って南へ流れていることがわかる。渡殿には簀子があり、簀子のへりに高欄がめぐらされている。「高欄におしかかりて」「高欄をおさへて」とあるので、作者は高欄に寄りかかって庭の景色を眺めていたことがわかる。渡殿の簀子は、高欄に寄りかかって座っていられるような、広さがあるものである。

原形が「おしかかりて」と「おさへて」のどちらであったかを考えると、『源氏物語』に高欄に寄りかかっている箇所は六箇所あり、いずれも「おしかかりて」である。

君は、西のつまの高欄におしかかりて（②五四「葵」）

隅の高欄におしかかりて、とばかりながめたまふ。（②一六七「須磨」）

おはしますに当たれる高欄に押しかかりて見わたせば、（③二七〇「野分」）

高欄に押しかかりつつ、若やかなるかぎりあまた見ゆ。（③二七三「野分」）

隅の間の高欄におしかかりて、御前の庭をも、御簾の内をも見わたしてながめたまふ。（④五三〇「幻」）

東の高欄におしかかりて、夕影になるままに、花のひもとく御前の草むらを見わたしたまふ、（⑥二六九「蜻蛉」）

高欄に背中で寄りかかっている場面は二例ある。

高欄に背中おしつつ、とりどりに物の音ども調べあはせて遊びたまふ、いとおもしろし。（①三六二「花宴」）

みないと涼しき高欄に背中押しつつさぶらひたまふ。（③二二四「常夏」）

「高欄におしかかりて」は、登場人物が、庭に目をやりつつ物思いにふける姿を描いたものが多く、五月五日の作品においても、作者は「おしかかりて」と書いた可能性は高い。

一方、「高欄をおさへて」は、現行日記に一例あり、「おさへて」と書かなかったとは言い切れない。

池につくりおろしたる階《はし》の高欄をおさへて、宮の大夫はゐたまへり。（二一三）

簀子から見る景色の美しさに、作者は小少将の君を誘いに行って、局の格子をたたく。小少将の君は局から出てきて、二人は一緒に作者がいた簀子の高欄のもとに行って、座って庭を眺めている。「おりゐて」は、局から簀子へ、下長押《しもなげし》の幅の高さだけ下りたと考えられる。下長押は、母屋と廂の境、または廂と簀子の境にあり、母屋より廂が低いことは、「帚木」に次の例がある、

長押の下に人々臥して答《いら》へすなり。（①九八「帚木」）

「夕顔」の巻では、源氏が呼んでも、惟光は長押の上に上がれない。

例ならぬことにて、御前近くもえ参らぬつつましさに、長押にもえのぼらず、（①一六七）

「東屋」では、薫は簀子にいて、長押に腰をかけている。

長押にかりそめにゐたまひて、簾のつま引き上げて物語したまふ。（⑥八五）

家集の詞書には次の歌が続く。

影見てもうきわが涙おちそひてかごとがましき滝の音かな

滝は遣水の流れの中に、岩の高低差によって水を落とした所があり、水音が高くなっている。「おりゐて」の解釈として、「簀子から庭に下りて」とするものがあるが、簀子から庭に下りる階段があったのであろうか。階段を下りて、庭の遣水のそばに座って水の流れを見たのであろうか。

『栄花物語』の五月六日の暁の記事に、次のものがある。

暁に御堂より局々にまかづる女房たち、廊、渡殿、西の対の簀子、寝殿など渡りて、上の御方の御読経、宮の御方の不断の御読経などの前渡りするほども、

行事が終わって、それぞれの局へ帰っていく様子が描かれている。他者の目によって捉えられた情景であるが、女房たちの一人が紫式部であったことは感慨深い。

局並び

『新古今集』夏歌に、次の歌がある。

つぼねならびにすみはべるころ、五月六日、もろともにながめあかして、朝《あした》にな

がきねをつつみて、紫式部につかはしける　　上東門院小少将
なべてよのうきになかるる菖蒲草《あやめ》けふまでかかるねはいかがみる
返し　　紫式部
何事とあやめはわかで今日もなほ袂にあまるねこそ絶えせね
現行日記に、作者の局が小少将の君と局並びであることは見えない。『新古今集』が拠っている五月五日の作品には、局並びであることが書かれていたと考えられる。
現行日記によっても、局並びであったことは推定できる。
渡殿の東のつまなる宮の内侍の局（一六一）
とあり、作者の局は「渡殿の戸口の局」なので、渡殿の東端が宮の内侍の局、西端が作者の局、中の間が小少将の君の局と考えられる。
寛弘五年十月十六日、一条天皇の土御門邸行幸の日の日記に次のように書かれている。
暁に、少将の君まゐりたまへり。もろともに頭《かしら》けずりなどす。（一五三）
これは、行幸の日の朝、作者の局に小少将の君が来て、一緒に髪をとかしている。
寛弘五年十月十七日に、作者が小少将の君の局である中の間にいると見られる出来事がある。

宰相は中の間に寄りて、まださささぬ格子の上押し上げて、「おはすや」などあれど、出でぬに、大夫の「ここにや」とのたまふにさへ、聞きしのばむもことごとしきやうなれば、はかなきいらへなどす。（一六一）

渡殿に宰相実成と中宮大夫斉信がやってきて、まず東端の局に声をかけ、次に中の間にいる作者に声をかける。作者は実成には答えず、斉信には答えるという場面である。これは作者が小少将の君の局に来ていると考えられる。

十一月十七日に、一条院内裏に帰った箇所に、次の記事がある。

細殿の三の口に入りて臥したれば、小少将の君もおはして、（一七三）

これは、一条院内裏の東の対の東廂の北から三番目が作者の局であり、そこに小少将の君が来ていると見られる。

家集に次の歌がある。

中将、少将と名ある人々の、同じ細殿に住みて、少将の君を夜な夜なあひつつ語らふを聞きて、隣りの中将

三笠山おなじ麓をさしわきて霞に谷の隔《へだ》てつるかな

（同じ細殿に住んでいるのに、あなたは分け隔てをして、私を訪ねてくれませんね）

返し
さし越えて入ることかたみ三笠山霞ふきとく風をこそ待て
（あなたが、閉じこもっていて、近寄りがたいので、その隔てを取り除いてくれることを待っています）

一条院内裏の細殿の作者の局の、片方の隣は小少将の君の局、もう片方の隣は中将の局だったのではないかと考えられる。

寛弘七年正月十五日の日記に次の記事がある。

あからさまにまかでて、二の宮の御五十日は、正月十五日、その暁にまゐるに、小少将の君、明けはててはしたなくなりたるにまゐりたまへり。例のおなじところにゐたり。（二一八）

一条院は、寛弘六年十月五日に焼失し、寛弘七年正月の内裏は枇杷殿《びわどの》であると考えられるが、枇杷殿では、作者と小少将の君は、一つの局に住むようになっている。

二人の局をひとつにあはせて、かたみに里なるほども住む。ひとたびにまゐりては、几帳ばかりをへだてにてあり。（二一八）

二人が同じ局に住むのを、道長は次のようにからかっている。

殿ぞ笑はせたまふ。「かたみに知らぬ人も、かたらはば」など、聞きにくく。（二一八）局に女房は二人で住み、作者と宮の内侍は同じ局に住んでいたとする説がある。しかし局に女房が二人で住むものであったら、道長がここで笑うはずはない。これまで作者も小少将の君も一人で住んでいたのである。

渡殿の戸口の局

局から何が見えたのか、二、三の箇所を見てみよう。

渡殿の戸口の局に見いだせば、ほのうちきりたるあしたの露もまだ落ちぬに、殿ありかせたまひて、御随身《みずいじん》召して、遣水はらはせたまふ。橋の南なるをみなへしのいみじうさかりなるを、一枝折らせたまひて、几帳の上よりさしのぞかせたまへる御さまの、いと恥づかしげなるに、わが朝がほの思ひしらるれば、「これ、おそくてはわろからむ」とのたまはするにことつけて、硯のもとによりぬ。（一二五）

道長が庭を歩いていて、遣水の掃除をさせている。「橋の南」の橋は透渡殿《すきわたどの》で、透渡殿の南の、南庭に女郎花が咲いている。道長が局の作者の姿を認めて、女郎花を一枝折って、歌を詠みにやってくる。局から道長が見え、道長からも作者の姿が見える。

渡殿に局が三つ並んだ様子は、新潮日本古典集成の付録の想定図がわかりやすい。他の復元図においても、渡殿は北と南に等分に分けられて、北が局、南が通路になっている。局の前に、局と同じ幅の通路があり、その先に簀子がある。局はかなり奥まっているのだが、その割にはよく見えている。

女郎花を折った道長は、遣水の石橋を渡って東の対へ行き、東の対の階段を上って、東の対の簀子を通って局に来たという説明もあるが（角田文衛『紫式部伝』）、透渡殿の西の脇の階段を上って、寝殿の簀子から局に来たのではないだろうか。透渡殿の西の階段は古典集成の想定図にもある。

例の、渡殿より見やれば、妻戸の前に、宮の大夫、東宮の大夫など、さらぬ上達部《かんだちめ》も、あまたさぶらひたまふ。殿出でさせたまひて、日ごろうづもれつる遣水つくろはせたまひ、人々の御けしきども、心地よげなり。（略）右の宰相の中将は、権中納言とたはぶれして、対《たい》の簀子にゐたまへり。（一三六）

局から、寝殿の妻戸の前にだれがいるのかがわかり、東の対の簀子にだれとだれがたわむれているのかもわかる。

東の対の局より、まうのぼる人々を見れば、色ゆるされたるは、織物の唐衣《からぎぬ》、（一四

○）

東の対の局から、寝殿に上る女房たちの衣装を、作者は渡殿の局から見ている。局からすぐ前の通路を見ているのであろうか。

夜ふくるままに、月いと明かし。「格子のもと取りさけよ」とせめたまへど、（略）はなたず。（一六一）

局に、斉信と実成がやってきて、月が明るいので、格子の下半分を取り去るように求めている。月が明るいので、下長押に腰をかけて話をしようというのであろう。局まで月の光がさしこむことがわかる。

南庭から局にいる作者がわかり、局まで月の光がさしこむのであるから、通路は狭く、局も小さいのであろうか。紫式部絵巻の絵のように、簀子に面して局があることは、本当にないのだろうか。

日記と『栄花物語』

『栄花物語』巻八の寛弘五年七月の箇所に、次のように現行日記がほぼそのまま引用されている。

かういふほどに、はかなう七月にもなりぬ。（略）秋のけしきにいり立つままに、土御門殿の有様いはん方なくいとおかし。池のわたりの梢、遣水のほとりの草むらおのおの色づきわたり、おほかたの空のけしきのおかしきに、不断の御読経の声々あはれまさり、やうやう涼しき風のけはひに、例の絶えせぬ水の音なひ、夜もすがら聞きかはさる。一日までは法興院《ほこゐん》の御八講とののしりしほどに、七夕の日にもあひ別れにけりとぞ。

日記の冒頭が、七月一日以後、七月七日以前の記事として引用されている。『栄花物語』は日記冒頭の時を読み違っている。彰子は四月十三日に土御門邸へ帰って、六月十六日に内裏に入って、七月十六日に土御門邸に帰っている。七月七日までは、まだ内裏にいる時期なので、この冒頭がここに書かれるはずがないのである。

読み違いはあったが、やはりこれが『栄花物語』の書かれたころの日記の冒頭であったということが考えられる。

四　自賛談その他

一という字も書かない

宮仕えに出た当時、作者は次のように人々から思われていたと言う。

いと艶《えん》に恥づかしく、人見えにくげに、そばそばしきさまして、物語このみ、よしめき、歌がちに、人を人とも思はず、ねたげに見おとさむものとなむ、みな人々いひ思ひつつにくみしを、（二〇五）

（とても上品ぶって、気づまりで、近寄りがたく、よそよそしい感じで、物語好きで、風流ぶり、何かというとすぐ歌を詠み、人を人とも思わず、憎らしげに人を見下すような人だと、だれもが言ったり思ったりして憎んでいたのに）

作者が、『源氏物語』の作者として名声を博していたために、悪く言う人々がいたのだと思われるが、このような人々がいる所に宮仕えに出るのは、敵地に赴くようなものであり、そのように自分を理解してくれない人々に対して、作者は防御の姿勢をとる。そ

れは、

ほけしれたる人にいとどなりはてはべれば、（二〇五）

おいらけものと見おとされにける（二〇六）

と、無知で愚かな人のふりをすることであり、一という字も書かないようにすることである。

一といふ文字をだに書きわたしはべらず、いとてづつに、あさましくはべり。読みし書などいひけむもの、目にもとどめずなりてはべりしに、いよいよ、かかること聞きはべりしかば、いかに人も伝へ聞きてにくむらむと、恥づかしさに、御屛風の上に書きたることをだに読まぬ顔をしはべりしを、（二〇九）

この箇所は、「一という字も書かない」ということと、「屛風の字も読まない」ということが対句のようにも思われ、誇張した一例を挙げているようにも思える。要するに、人前で学があると思わせるような振る舞いは、一切しなかったということだと思う。

このように振る舞っていると、人は、

見るには、あやしきまでおいらかに、こと人かとなむおぼゆる（二〇六）

と、会ってみると別人のようだと言い、彰子も、

いとうちとけては見えじとなむ思ひしかど、人よりけにむつましうなりにたるこそ
（二〇六）

と言うのである。

この話はまた、ぼんやりした人を演じるのは、どんなにつらかったかを相手にわかってもらいたかったのだと思える。

自賛談

この式部の丞といふ人の、童にて書読みはべりし時、聞きならひつつ、かの人はおそう読みとり、忘るるところをも、あやしきまでぞさとくはべりしかば、書に心入れたる親は、「口惜しう、男子《をのこご》にて持たらぬこそ幸ひなかりけれ」とぞ、つねに嘆かれはべりし。（二〇九）

宮の、御前にて、文集《もんじふ》のところどころ読ませたまひなどして、さるさまのこと知ろしめさまほしげにおぼいたりしかば、いとしのびて、人のさぶらはぬもののひまひまに、をとどしの夏ごろより、楽府《がふ》といふ書二巻をぞ、しどけなながら教へたてきこえさせてはべる、隠しはべり。宮もしのびさせたまひしかど、殿もうちもけしき

を知らせたまひて、御書どもをめでたう書かせたまひてぞ、殿はたてまつらせたまふ。（二〇九）

日記に書かれた有名な二つの自賛談である。作者は慎み深いのに、なぜ自賛談をするのかなどとよく言われる。だが、作者が一という字も書かないのは、作者を知らずに憎む人々に対してであり、作者を古くから知る人々にとっては、作者が学問があるのは前々からのことであり、当たり前のことである。

作者は知らない人々の前では気を遣うが、親しい人には安心してありのままの自分を語っていると考えられる。

十一日の暁

寛弘六年五月の御堂詣でであると見られる。歌われている歌が「池の浮草」であることも、五月にふさわしい。

十一日の暁の後半から引用する。

月おぼろにさし出でて、若やかなる君達、今様歌《いまやううた》うたふも、舟にのりおほせたるを、若うをかしく聞こゆるに、大蔵卿のおほなおほなまじりて、さすがに、声うち添へむもつつましきにや、しのびやかにてゐたるうしろでの、をかしう見ゆれば、御簾のうちの人もみそかに笑ふ。「舟の中にや老をばかこつらむ」といひたるを、聞きつけたまへるにや、大夫、「徐福文成誑誕多し《じよふくぶんせいきやうたん》」と、うち誦じたまふ声も、さまも、こよなういまめかしく見ゆ。「池の浮草」とうたひて、笛など吹きあはせたる、暁がたの風のけはひさへぞ、心ことなる。はかないことも、所がら折がらなりけり。

(一一三)

夜明けの土御門邸の美しい情景であるが、この場面の作者と中宮大夫藤原斉信のやりとりは、「白氏文集」による自賛談に当たる。最新の手柄話を物語仲間に報告しているのではないだろうか。

すきものと水鶏の歌

源氏の物語、御前にあるを、殿の御覧じて、例のすずろごとども出できたるついでに、梅のしたに敷かれたる紙にかかせたまへる。

すきものと名にし立てれば見る人の折らで過ぐるはあらじとぞ思ふ

たまはせたれば、

「人にまだ折られぬものをたれかこのすきものぞとは口ならしけむ
めざましう」と聞こゆ。（二一四）

彰子の前にあるのは、寛弘五年十一月の草子作りの折にできた『源氏物語』だと考えられる。それを見て道長がいろいろからかって、そのついでに作者に歌を詠みかけている。この後のやりとりは、すべて道長の「すずろごと」を基調にしたものである。半分冗談であることは、両者とも承知した上での言い合いである。

「あなたは最近すきものという評判が高いから、きっと局に尋ねてくる男がいるだろうね」と道長がからかう。作者はこれを否定して、「局に男が来ることなんてありません。だれがそんなうわさを立てるのですか。気にくわない」と言う。冗談とはいえ、「気にくわない」とまで言われて、道長は悔しくてならない。その日の夜に、仕返しのために局にやってくる。

渡殿に寝たる夜、戸をたたく人ありと聞けど、おそろしさに、音もせで明かしたるつとめて、

夜もすがら水鶏よりけになくなくぞまきの戸ぐちにたたきわびつる
かへし、

ただならじとばかりたたく水鶏ゆゑあけてはいかにくやしからまし（二一四）

渡殿の戸口の局に寝た夜、戸をたたく人がいたが、恐ろしくて音も立てなかった。翌朝、道長から、次のように言ってきた。

一晩中、水鶏が戸をたたくより、もっと、泣く泣く戸をたたき続けたけれど、無駄だった（残念だが負けた）。

作者が答える。

ただではないという勢いで戸をたたいていたので、開けたらどんなにくやしかったでしょう。

道長が局に来たのは、すきもの論争の決着をつけるためである。問題は作者がすきものであるかどうかであり、道長が戸を開けさせて、すきものであるという証拠をつけようというのである。作者が戸を開けたら道長の勝ちである。作者が「開けたらどんなにくやしかったでしょう」と言うのは、道長の勝ち誇った姿を見せられるからである。作者は道長との言い合いに負けなかった。これもまた誇らしい自賛談である。作者は、最近こんなおもしろいことがあったと、報告しないではいられなかったのであろう。

道長と紫式部

道長は日記の中で、周囲の人に冗談を言う姿が多く描かれている。作者が小少将の君と局を共有した時にも、いつも通りに冗談を言っていると思われる。

道長と作者は、互いに敬意を持っているのだが、すきものと水鶏の歌のように、互いに意地を張って言い争っている。道長にとって、作者は、からかうとおもしろい才気ある相手であったと考えられる。

作者は『源氏物語』を彰子に献上しているが、道長には献上していないと思われる。草子作りは彰子が主導したもので、道長は時々見に来ただけである。道長が局に本を取りにくるのは、道長が作者に本を差し出すように言えなかったからだと考えられる。言えなかったのは、道長が意地を張っているからである。

寛弘五年十月の行幸の近いある日、作者と道長の間に、次の出来事があった。

中務の宮わたりの御ことを、御心に入れて、そなたの心よせある人とおぼして、かたらはせたまふも、まことに心のうちは、思ひゐたることおほかり。（一五〇）

中務宮具平《ともひら》親王家あたりのことを、道長が関心を持って、作者が具平親王家に縁がある者と思って、道長は作者に何か尋ねている。それを聞く作者は困惑している。

道長が語っているのは、長男頼通と具平親王の娘隆姫の結婚に関してであろうという解釈が一般的である。頼通と隆姫の結婚は、『御堂関白記』にも記されず、いつのことであるか不明である。唯一の記録が『栄花物語』巻五にあり、寛弘六年の四月の記事の後、「はかなく秋にもなりぬ」の前にある。この位置から言えば、頼通の結婚は、寛弘六年の五月か六月になる。

しかし、具平親王は寛弘六年七月二十八日に亡くなっていて、『栄花物語』は具平親王の死を寛弘七年としているので、『栄花物語』の記述を全面的に信じるわけにもいかない。他の記録がないことにも、この結婚には何らかの問題があったことが考えられる。

婚儀が寛弘六年の五月か六月であったとしても、寛弘五年の十月は、まだかなり前であり、ここで道長が作者に結婚の仲介を依頼したとは考えられない。結婚の話にしては、喜ばしさがまったくないことが指摘されている。

この箇所では、「そなたの心よせある人」の指す内容が、まず問題になる。ほとんどすべての注が、ここで作者の父為時が具平親王に近いことを挙げている。為時は親王邸に親しく出入りしているが、為時が親王邸の漢詩の会などに出席して帰っても、娘にどれほどの親王家の内実を語るであろうか。道長が作者に、父から聞いた何かを尋ねて、作者が当惑することがあるとは思えない。また、道長は為時が知っていることを聞きたければ為時から直接聞けばよいのである。つまりこの箇所に為時はかかわっていないと見られる。

「そなたの心よせある人」は、為時以外のある人が、具平親王と作者のかかわりにおいて存在することを示している。

この箇所では、道長がある人との関連において作者に何か尋ねることが、作者を困惑させ、作者は困惑したことを日記の相手に伝え、日記の相手はそれを十分に理解しているという図式が成り立っている。この三者の図式を読み解かなくてはならない。

作者はある身分の高い人に日記を書いている。その相手は、私は以前から具平親王に近い人ではないかと考えていた。たとえば具平親王に近い皇族の女性ではないかと思っていた。皇族ではなくても、具平親王邸に住む身分の高い女性であるかもしれない。

作者は日記の相手と、よく手紙のやりとりをし、時には訪れていたと考えられる。作者自身が親王邸を訪れる人であったかもしれない。この二人の関係は当時多くの人々に知られていたのではないだろうか。

道長はそのことを知っていて、作者に具平親王に関連する何かを尋ねた。作者はその相手に、道長には内緒で日記を書き送っているのであり、そのことで困っていると考えられる。

この箇所は、この日記の中で、道長と作者と日記の相手の三者がかかわる唯一の箇所であり、相手がだれであるかの手がかりとなる箇所であると考えられる。

実資と紫式部

寛弘五年十一月一日の五十日の祝いの宴で、作者は右大将実資《さねすけ》を、他の人よりは立派であると敬意を持って描いている。

そのつぎの間の、東の柱のもとに、右大将よりて、衣《きぬ》の褄《つま》、袖ぐち、かぞへたまへるけしき、人よりことなり。酔ひのまぎれをあなづりきこえ、また誰《たれ》とかはなど思ひはべりて、はかなきことどもいふに、いみじくざれいまめく人よりも、けにいと恥づかしげにこそおはすべかめりしか。（一六四）

この夜の作者は、後に宰相の君と几帳の陰に隠れたりしているが、実資には周囲の人々が酔い乱れているので、だれだかわからないだろうと、実資のもとに行って語りかけている。この時は、実資はまだ作者の顔を知らないようだが、やがて作者は彰子と実資の取次役の女房として、実資の『小右記《しょうゆうき》』にしばしば現われることを考えると、不思議な縁だと思わずにはいられない。

『小右記』に作者の名が記されるのは、長和二年（一〇一三）五月二十五日の条である。「相逢女房」とあって、注に「越前守為時女、この女をもって、前々より雑事を啓せしむるのみ」とある。「前々より」とあるので、これまでにも何度も取次をしていたことがわかる。実資は長和元年四月二十八日から、長和三年正月二十日まで、しばしば養子資平を連れて彰子のもとを訪れていて、その際に、「相逢女房」「女房」と書かれているのは、取次をしている作者だと思われる。長和元年に、作者が取次をしているのは、五月二十八日、六月六日、六月八日、長和二年になると、正月十九日、三月十二日、四月十五日、五月二十五日、七月五日、八月二十日である。

この後、作者が再び『小右記』に現れるのは、寛仁三年（一〇一九）正月五日であり、作者は引き続き彰子のもとに仕えている。この後、作者が取次をしているとされるのは、寛仁三年の五月十九日、八月十一日、寛仁四年九月十一日である。

作者の没年については、安藤為章《あんどうためあきら》の『紫家七論《しかしちろん》』（元禄十六年）の次の説がある。『栄花物語』巻二十六に、万寿二年（一〇二五）八月三日、大弐三位（越後の弁）が後の後冷泉天皇の乳母になったことを、「また大宮の御方の紫式部が女の越後の弁、左衛門督の御子生みたる、それぞ仕うまつりける」とあって、この時には作者は生存するが、同書巻三十一の長元四年（一〇三一）九月二十五日の彰子の住吉参詣に同行する女房の中に、作者の名が見られないことから、長元四年には没していたのであろうというのである。

この説に対して与謝野晶子は、「大宮の御方の紫式部」は「越後の弁」を説明するものであって、これを作者生存の根拠とすることはできないとして、没年を長和四、五年とする説を唱えた。

現在『小右記』によって、寛仁三年の生存が認められているので、与謝野晶子の説は成り立たない。『栄花物語』の万寿二年の記事も、長元四年の記事も、それによって作者の生死を断定できるような確実なものとは言えない。

万寿三年（一〇二六）に、彰子が出家した際に、六人の女房がともに出家しているが、その中に作者の名がないことから、作者の没年がそれ以前であるともいわれるが、これも絶対とは言えないものである。

作者の没年にかかわる資料としては、『平兼盛《かねもり》集』に付載された佚名家集十二首の中の四首がある。

同じ宮の藤式部、親の田舎なりけるに、いかになど書きたりける文を、式部の君亡くなりて、そのむすめ見はべりて、物思ひはべりけるころ、見て書きつけはべりける

憂きことのまさるこの世を見じとてや空の雲とも人のなりけむ

まづかうかうはべりけることを、あやしく、かのもとにはべりける式部の君の

雪つもる年にそへても頼むかな君をしらねの松にそへつつ

このむすめの、あはれなる夕べを眺めはべりて、人のもとに、同じ心になど思ふべき人やはべりけむ

眺むれば空に乱るる浮雲を恋しき人と思はましかば

また、三月三日桃の花おそくはべりける年

わが宿に今日をも知らぬ桃の花はなもすかむは許さざりけり

第一首は、為時が越前に赴任していたころ、作者が為時を案じて詠んだ歌を、作者の死後、大弐三位が見て詠んだ歌だと考えられる。第一首、第三首が大弐三位の歌であると考えられる。この四首については、「同じ心になど思ふべき人」がだれであるのか、三月三日がどういう日であるのか、第四首の解釈、詞書を書いているのはだれかなど諸説

がある。

作者の没年については、『小右記』に書かれなくなっても、彰子の女房として名が挙げられなくなっても、宮仕えを辞しただけだとも考えられる。賢子が亡き母を思って詠んだ歌がいつのものであるかは、今後も長く解決されることはないであろう。

わが紫

今回読み直してみて、以前の自分の解釈と一番違ったのは、寛弘五年十一月一日、五十日の祝いの公任の呼びかけの場面である。公任の呼びかけが有名な場面であるという先入観にとらわれ過ぎていたと思う。この夜の宴は、

　橋の上にまゐりて、また酔ひみだれてののしりたまふ。（一六三）

と人々は橋の上で酔い乱れて騒いでいたが、やがて中宮の御前に座を移して、

　右の大臣よりて、御几帳のほころび引きたちみだれたまふ。さだすぎたりとつきしろふも知らず、扇をとり、たはぶれごとのはしたなきも多かり。（一六四）

　酔ひのまぎれをあなづりきこえ、また誰とかはなど思ひはべりて、（一六四）

権中納言、すみの間の柱もとによりて、兵部《ひやうぶ》のおもとひこしろひ、聞きにくきたは

ぶれ声も、殿のたまはす。(一六五)
おそろしかるべき夜の御酔ひなめりと見て、ことはつるままに、宰相の君にいひあはせて、隠れなむとするに、(一六五)

と「おそろしかるべき夜の御酔ひなめり」と言うほど、人々は酔い乱れて騒然としていた。そんな中で、公任が作者に声をかける。

左衛門の督、「あなかしこ、このわたりに、わがむらさきやさぶらふ」と、うかがひたまふ。源氏に似るべき人も見えたまはぬに、かの上は、まいていかでものしたまはむと、聞きゐたり。(一六五)

周囲が騒然とした中で、この公任の呼びかけに耳を傾けた人はいなかったのではないかと思う。周囲の人々は、注目したりしていなかった。この箇所は、ほんの数行の短いものだが、本当にちょっとの間の出来事だったのかもしれない。

公任が「わが紫」と呼びかけたことについては、前著に記した。自分を光源氏のように言う公任の言葉は、もちろん宴の席のたわむれであるが、一瞬のうちに自分を光源氏、相手を紫の上とする機知はさすがのものであり、これだけのことを言う人はなかなかないと思わせられる。

作者は「かの上」と思うのであるから、公任の言葉の「紫」は「紫の上」である。「若紫」は呼び名ではなく、「若紫」の少女はやがて「西の対の姫君」と呼ばれ、「対の上」「紫の上」と呼ばれるようになるのは、第一部の後半である。『源氏物語』は、寛弘五年よりずっと以前から、第一部は広く知られていた。

「源氏に」の源氏は「源氏の物語」の省略で、「似るべき人」は「かかるべき人」の本文を採るべきで、『源氏物語』の中に、公任のような人はいらっしゃらないのに、どうして紫の上がいらっしゃることがあろうか」という意味になる。突然「紫の上」と呼ばれて、「ここにいるはずはない」と思うのは、作者の当然の思いである。

作者は宴で公任に歌を詠むことになったらどうしようという女房たちの言葉を書いているように、公任への敬意を持っているのであり、公任に対して無視などしないと考えられる。書かれてはいないが、作者と公任の無難な会話があったと考えられる。

喧噪の中で、二人のこのちょっとしたやりとりは、気づく人もいなかったかもしれない。しかし作者は、日記を書く時に、公任から「わが紫」と呼ばれたことを、相手に言わずにはいられなかったのではないか。誇らしげにならないように書いているが、これはやはり報告しなければと思った自賛談だったのではないだろうか。

この話が人々に知られるようになったのは、ずっと後になって、日記が書写されるようになってからのことと考えられる。紫式部という名は、「紫の物語」「紫のゆかり」を書いた作者という意味で読者によってつけられたのではないだろうか。

惟規

『十訓抄』一ノ四十五話を引用する。

藤原惟規《のぶのり》は世のすきものなり。父の越後守為時にともなひて、かの国へ下りけるほどに、重くわづらひけるが、

都にも恋しき人のあまたあればなほこのたびはいかむとぞ思ふ

とよみたりけれども、いとど限りにのみ見えければ、父の沙汰にて、ある山寺より、知識の僧をよびたりけるが、中有《ちゅうう》の旅のありさま、心細きやうなどいひて、「これにやすらはで、ただちに浄土へ参り給へ」など、いひ聞かせけり。

「中有とは、いかなる所ぞ」と、病人問ひければ、「夕暮の空に、広き野に行きいでたるやうにて、知れる人もなくて、ただひとり、心細くまかりありくなり。（略）」と答ふるを聞きて、「その野には、嵐にたぐふ紅葉、風になびく尾花がもとに、

松虫、鈴虫鳴くにや。さだにもあらば、なにかは苦しからむ」といふ。これを聞きて、あいなく、心づきなくおぼえければ、僧、逃げ走り、逃げにけり。

この歌のはての「ふ」文字をば、え書かざりけるを、さながら都へもてかへり、親どもいかに哀れに悲しかりけむ。


惟規は、父為時の越後赴任に同行して越後に下ったが、その地で重病になり、「都へ帰りたい」という歌を詠んだが、いよいよ最期と見えたので、父が山寺から僧を呼んで、僧は、死後の中有の旅の心細いことなどを語って、「中有の旅路に迷うことなく、まっすぐ浄土へ行ってください」などと言い聞かせた。

惟規が、「中有とはどんな所か」と僧に尋ねると、僧は「夕暮の空のもとで、広い野原を行くようなもので、知る人もなくて、ただ一人心細く歩いていくのです」と答えるのを聞いて、惟規は、「その野には、嵐に散る紅葉、風になびくすすきのもとに、松虫、鈴虫が鳴いていますか。そうであれば、何もつらいことはありません」と言った。これを聞いて、僧はあきれて逃げ帰った。父は、歌の最後の「ふ」という字が書けなかったのを、そのまま都へ持ち帰った。

『俊頼髄脳《としよりずいのう》』では、惟規が何か書きたそうにしたので紙と筆を持たせたところ、歌を書いて、最後の「ふ」を書けずに息が絶えた。為時は「ふ」の字を書き足してやり、都に持ち帰って形見にしたと言う。

日記では、惟規は理解力のない人のように書かれたが、このように、風雅を愛する人として伝えられている。

出仕の年

作者は、いつ出仕したのであろうか。以下関連のある事柄を挙げてみる。

①寛弘五年十二月の日記に次のように言っている。

師走の二十九日にまゐる。はじめてまゐりしも今宵のことぞかし。いみじくも夢路にまどはれしかなと思ひ出づれば、こよなくたち馴れにけるも、うとましの身のほどやとおぼゆ。（一八四）

宮仕えに「こよなくたち馴れにける」と言っているので、初出仕はかなり前であると考えられる。

②寛弘六年一月に、「おととしの夏ごろより」楽府を進講したとあるので、楽府の進講は寛弘四年の夏であり、寛弘三年には出仕していたと見られる。

③一条天皇が『源氏物語』を読むのを聞いて感想を述べ、左衛門の内侍が「日本紀の御局」とあだ名をつけたのは、楽府進講の前なので、寛弘四年の夏以前である。
④寛弘四年の春に、奈良から内裏へ桜が届けられて、桜を受け取る役を、紫式部が伊勢大輔に「今参りに」と言って譲り、伊勢大輔が「いにしへの奈良の都の八重桜けふ九重ににほひぬるかな」という歌を詠んだことが『伊勢大輔集』にある。
作者が寛弘四年の春に伊勢大輔を「今参り」と呼んでいるので、作者は寛弘三年春以前から出仕していたと考えられる。
⑤寛弘五年の十一月の行事に、
つねのことなれど、（略）めづらしと思へるけしきなり。（一七六）
つねにことなる心地す。（一七七）
など、これまでに十一月後半の行事を何年も見てきたと言っている。寛弘二年の秋から出仕していれば、四年目となる。
⑥作者の初出仕は、十二月二十九日であったが、正月から五月まで出仕できず、里に引きこもった状態であった。
家集に初出仕の際の歌がある。

はじめて内裏わたりを見るに、もののあはれなれば、
身のうさは心のうちにしたひきていま九重ぞ思ひ乱るる
一月に、少し親しくなった人と、次の歌のやりとりをしている。
まだ、いとうひうひしきさまにて、ふるさとに帰りて後、ほのかに語らひける人に
閉ぢたりし岩間の氷うち解けばをだえの水も影見えじやは
返し
みやまべの花吹きまがふ谷風に結びし水も解けざらめやは
「閉ぢたりし岩間の氷」「をだえの水」は、里に籠っている作者を意味している。
正月十日のほどに、「春の歌たてまつれ」とありければ、まだ出で立ちもせぬかくれがにて
みよしのは春のけしきに霞めども結ぼほれたる雪の下草
正月十日に、春の歌をたてまつるように言われるが、まだ出仕できないと答えている。
三月に次の歌がある。
やよひばかりに、宮の弁のおもと、「いつか参りたまふ」など書きて

うきことを思ひみだれて青柳のいとひさしくもなりにけるかな

弁のおもとが、「いつ参上なさいますか」と問い、歌では「参上しないで久しくなりましたね」と言っている。

五月に次のやりとりがある。

薬玉おこすとて

しのびつるねぞあらはるるあやめ草いはぬにくちてやみぬべければ

返し

今日はかく引きけるものをあやめ草わがみがくれにぬれわたりつつ

相手は薬玉を贈って、このまま終わらないようにと、自分の好意を伝えてきたが、作者は私は家にずっと引きこもっていますという歌を返している。

十二月二十九日に出仕して、一月十日に出仕していず、五月まで出仕していない。

⑦寛弘六年の女房批評の箇所に、五節《ごせち》の弁について、初めて会った春には、髪の毛が豊かで背丈に一尺余るほどだったが、その後あきれるほど抜け落ちてしまったと言う。

五節の弁は、平惟仲《これなか》が養女にしていた人で、惟仲は、大宰府で横死した。新編全集の頭注では、五節の弁の髪が抜け落ちた原因は惟仲の横死であるとして、作者が五節の弁に会ったのは、寛弘二年三月以前であるとする。このことが動かせないなら、作者は寛弘二年の一月二月に出仕していて五節の弁に会ったことになる。そこで作者が引きこもっていたのは、寛弘元年一月から五月となり、作者の初出仕は、長徳四年十二月二十八日となる。

しかし、岳真也氏は、作者は寛弘二年の一月三日までは内裏に仕えてその後里へ戻ったとされる（『紫式部の言い分』）。そうであれば、一月三日までに五節の弁に会い、一月四日から五月まで引きこもっていたことになり、初出仕は寛弘元年十二月になる。

このように考えるなら、家集の、

　正月の三日、内裏より出でて、ふるさとの、ただしばしのほどに、こよなう塵積り、荒れまさりたるを、言忌みもしあへず

あらためて今日しもものかなしきは身のうさやまたさまかはりぬる

は、初出仕の翌年の正月三日、行事が終わって里へ帰った時の作と考えられる。

家集に「いとうひうひしきさまにて、ふるさとに帰りて」とあったのは、正月三日で里へ帰ったことを言っていたのだと考えられる。作者は通常十日から十二日くらい出仕するのであるから、「ただしばしのほどに」が、十二月二十九日から一月三日までの五日

間であればこの時に一致する。通常の年は十日くらいまで内裏にいるはずである。正月十日ごろに、「春の歌たてまつれ」と言われたのは、一月四日から出仕していない作者に歌の催促があったことになる。

以上の検討の結論として、作者は寛弘元年十二月二十九日に出仕し、寛弘二年正月三日まで出仕、その後五月五日までは引きこもっていたことになる。寛弘二年後半に復帰したと考えられる。引きこもり中は、出仕する気力もないのであるから、物語は書けなかったはずである。

出仕の年について、新編全集の頭注に次のように書かれている。

寛弘五年と寛弘元年の十二月は大の月で三十日まであるが、寛弘二年の十二月は小の月で、二十九日が最後の日であり、宮中は追儺などの行事で騒がしかった。宮仕えの印象が、同じ環境条件からの連想によるものとすれば、寛弘五年に想起されたのは、寛弘元年の十二月とすべきかもしれない。

物語作者としての評判

作者は、寛弘元年十二月に出仕した。寛弘元年には、道長が彰子の女房にしようと決心するほどに、作者の物語作者としての評判は高かった。

作者を迎える内裏の女房たちは、

いと艶に恥づかしく、人見えにくげに、そばそばしきさまして、物語このみ、よしめき、歌がちに、人を人とも思はず、ねたげに見おとさむものとなむ、みな人々いひ思ひつつにくみしを、（二〇五）

と警戒していた。

これほどの評判は、寛弘元年の前年ごろに、作者が二巻や三巻の物語を書いても得られるものではない。作者の名声は、寛弘元年には確立していて、寛弘元年よりも何年も前に『源氏物語』のかなりの部分は完成していたと考えられる。

誕生の年

作者の年齢を考える手がかりとしては、寛弘五年十一月の日記で、「さだすぎぬる」と言っている。また寛弘六年一月に、次のように言っている。

いたうこれより老いほれて、はた目暗うて経よまず、心もいとどたゆさまさりはべらむものを、心深き人まねのやうにはべれど、いまはただ、かかるかたのことをぞ

思ひたまふる。（二一一）

（今よりもっと老いぼれると、目が悪くなって経が読めなくなり、心ももっと怠惰になっていくでしょうから、思慮深い人のまねのようですが、今はただ出家のことを考えています）

もっと年取ったら老眼になると言っているので、まだ老眼ではなく、三十代前半ではないかと考えられる。

ただひたみちにそむきても、雲に乗らぬほどのたゆたふべきやうなむはべるべかなる。それに、やすらひはべるなり。（二一〇）

（ただひたすら出家しても、あの世に行くまでに心が動揺することもあるでしょう。そのことで、出家を躊躇しています）

いま出家しても、あの世へ行くまではまだ長いと考えているので、やはり三十代前半であると考えられる。

としもはた、よきほどになりもてまかる。（二一〇）

「出家するのにちょうどよい年齢になってきた」と言うのは、三十代の半ばにさしかかっての思いではないかと考えられる。

これらのことと、『源氏物語』の各部分の成立の年齢を考えあわせて、第二部成立と日記執筆開始の寛弘五年を三十三歳とすると、誕生の年は、貞元元年（九七六）となる。
誕生の年の諸説を、上原作和氏は次のようにまとめられている（1）。
九七〇年（天禄元年）（今井源衛・稲賀敬二・後藤祥子）
九七三年（天延元年）（岡一男・中野幸一）
九七四年（天延二年）（萩谷朴）
九七五年（天延三年）（南波浩）
九七八年（天元元年）（安藤為章・与謝野晶子・島津久基）
為時は、『類聚符宣抄《るいじゅうふせんしょう》』に、安和元年（九六八）十一月十七日に「播磨権少掾」に任官したと記されている。斎藤正昭氏は、この任官の際に、前任地から都に戻ることなく、直接新しい任地である播磨国に行くように指示されているとして、播磨から都に戻るのが九七一年末であるとされる。帰京の翌年、為時が為信女と結婚したとして、作者の姉の誕生が九七三年となり、作者の誕生は九七四年以後とされる。（2）
任地に妻が同行することもあるので、任地にいることが結婚していないことだと言い切れないが、前任地に妻が同行せず、播磨赴任の際に帰京していなければ、九七〇年の誕生説は成り立たないことになる。

帰京して九七二年に結婚した場合、九七三年に姉が生まれたとして、作者の誕生は九七四年以後になる。作者に姉と兄がいて、その誕生を九七三年から九七五年とすると、作者の誕生を九七六年としても支障はない。

1　上原作和「紫式部の生涯―『紫式部日記』『紫式部集』との関わりにおいて―」『紫式部日記・集の新世界』　武蔵野書院　二〇二〇年

2　斎藤正昭『源氏物語のモデルたち』　笠間書院　二〇一四年

『古今著聞集』

『古今著聞集』巻十三第三四五話は、大略次のようなものである。

具平親王は、雑仕女《ぞうしめ》を愛されて、二人の間に土御門の右大臣師房《もろふさ》が生まれた。具平親王は、雑仕女との間にこの子を据えて、とても可愛がった。月の明るい夜、この雑仕女を連れて遍照寺へ行ったところ、雑仕女は物の怪に襲われて死んでしまった。具平親王は、非常に悲しまれた。思い余って、自分と雑仕女との間にこの子を据えた絵を、車の物見の裏につけて見ていた。そうしているうちに、寛弘のころ、清涼殿の漢詩の会に参上して、車を陣に立てていたところ、物見が落ちて、牛飼いが誤って裏の絵を表にして取り付けてしまった。その後改められることもなく、人々はこの車を大顔の車と呼び、親王家でこの車が使われているのは、こういう事情があるからである。

具平親王は、光源氏のモデルと言われる人物で、雑仕女が大顔という名で、連れ出した寺で物の怪に襲われて死ぬことから、「夕顔」の巻の夕顔のモデルは、この話からこの雑仕女かとされる。しかし、この話はそれほど信用できるものとは考えられない。

具平親王の長男師房の母は、具平親王の正妻で、式部卿為平親王の娘であり、雑仕女ではない。具平親王には、二男三女がいる。次男は、為時の兄為頼の長男伊祐《これすけ》が養子にした頼成《よりひら》であると考えられる。頼成の母は不明であり、雑仕女であるという資料はない。また具平親王が雑仕女を愛したという証明も不可能である。

具平親王が清涼殿の漢詩の会に出席したのは、寛弘年間であるという。寛弘元年が一〇〇四年であるから、車の絵が落ちたのが一〇〇四年として、この後うわさが広まるのは、一〇〇五年のころとなり、「夕顔」の巻のモデルとしては遅すぎる。

「夕顔」の巻の構想がいつであるかについて、私は、越前の旅の途中で構想を得て帰京したと考えた。作者が越前に出発したのは長徳二年(九九六)であり、旅の途中で構想を得たとするには、出発前の出来事でなくてはならない。

頼成は、寛弘五年に蔵人所の雑色《ぞうしき》になったという記録があるとされるが、生没年不詳である。母の死によって幼いころ養子になったなら、そもそも具平親王と親子三人の絵が描かれるはずがない。もう少し後で養子になったとしても、寛弘年間に母と自分の絵が描かれた車が走っているのはおかしいのではないか。また具平親王が自分と雑仕女の絵がある車に乗っていたこともありえないのではないだろうか。

この話は、夕顔が卑しい身分の女であるという後世の誤った解釈を土台とするものであり、出かけた先で物の怪に襲われたり、名前が大顔であるとしたり、夕顔のモデルだと思わせようとする意図があらわである。

もう一つ別の説話について考えてみよう。『沙石集《しゃせきしゅう》』の平兼盛、壬生忠見《みぶのただみ》についての説話を引用する。

天徳の歌合の時、兼盛・忠見、共に御随身にて、左右に番ひて、初恋《はじめのこひ》といふ題を給はりて、忠見、「名歌よみ出でたり」と思ひて、「兼盛もいかでこれ程の歌よむべき」と思ひける。

恋すてふ我が名はまだき立ちにけり人知れずこそ思ひそめしか

さて、すでに御前に講じて、判ぜられけるに、兼盛が歌に、

つつめども色に出でにけり我が恋はものや思ふと人の問ふまで

ともに名歌なりければ、判者、判じかねて、しばらく天気をうかがひけるに、御門《みかど》、忠見が歌をば、両三辺御詠《ぎょえい》ありけり。兼盛が歌をば多辺御詠ありける時、「天気左にあり」とて、兼盛勝ちにけり。忠見、心憂く覚えて、胸ふさがりて、それより不食の病つきて、たのみ無きよし聞こえて、兼盛訪ひければ、「別の病にあらず。御歌合の時、名歌よみ出だして覚えはべりしに、殿の、ものや思ふと人の問ふまでに、あはやと思ひて、あさましく覚えしより胸ふさがりて、かく重りはべり」とて、つひに身まかりにけり。執心こそよしなけれども、道を執する思ひ、げにも覚えて、哀れなり。共に名歌にて、『拾遺』に入れられてはべるにや。

読むと信じてしまいそうな話であるけれど、歌合わせの後、忠見が死んだということはなく、歌に命をかけた話を集めた『袋草子』にもなく、『袋草子』のころにはなかったとされる。この話を伝えるのは『沙石集』だけである。雑仕女の話を伝えるのも『古今著聞集』だけであり、同じく後人による創作であると考えられる。

「夕顔」の巻は、伝説を土台にしているが、河原院にまつわる言い伝えや、廃院の物の怪、鬼などの昔話のたぐいに基づいている。

巣守の物語

寛弘六年二月から日記が中断する理由を、以前は作者が巣守の物語の執筆に没頭するようになったからだと考えたが、今回読み直して、作者がここで日記を閉じたことがわかった。そこで、巣守の執筆開始は後にずれることになる。寛弘七年四月以後に日記の訂正があり、巣守の執筆開始は寛弘七年の夏以後だと考えられる。

巣守六帖の執筆にかかる年数は、第二部の執筆期間とほぼ同じで、二年から二年半くらいだと考えられる。執筆開始を寛弘八年（一〇一一）とすると、完成は長和二年（一〇一三）のころが考えられる。

巣守六帖の完成にかかわりがありそうな事柄は、長和二年八月二十日で『小右記』から作者の姿が消えることである。姿を見せなくなったことは、長和二年十一月、初雪のころの次の歌のやりとりからわかる。

初雪降りたる夕暮れに、人の

恋しくてありふるほどの初雪は消えぬるかとぞうたがはれける

返し

ふればかくうさのみまさる世を知らで荒れたる庭に積る初雪

いづくとも身をやるかたの知られねばうしと見つつもながらふるかな

ある女房からの歌で、あなたを恋しく思って暮らしているというのは、長く会っていないことを示し、雪のように消えてしまったのではないかと心配している。返歌は、作者最晩年の心境を示す古本系家集最後の二首である。

このやりとりによって、長和二年後半の作者の引きこもりが考えられ、巣守成立後の作者の心境の変化によるものではないかと考えられる。

巣守の完成から宇治十帖の執筆開始までは、数年の間隔があると考えられる。巣守六帖は長く読まれて親しまれ、姿を消すと雲隠れ六帖と呼ばれて惜しまれた。宇治十帖の執筆開始として考えられるのは、長和四年（一〇一五）から寛仁元年（一〇一七）のころである。宇治十帖の成立は、その二、三年後と考えられる。

個人的には、宇治十帖の成立及び『源氏物語』五十四巻の完成は寛仁三年（一〇一九）を考えている。『小右記』の正月五日に作者の姿が見える年である。この後寛仁四年（一〇二〇）には、孝標女が上京の旅に出発し、治安元年（一〇二一）に、五十四巻を入手することになる。

第二章　更級日記

一　上京の旅

冒頭

あづま路《ぢ》の道のはてよりも、なほ奥つ方《かた》に生ひ出でたる人、いかばかりかはあやしかりけむを、いかに思ひはじめけることにか、世の中に物語といふもののあんなるを、いかで見ばやと思ひつつ、つれづれなるひるま、宵居《よひゐ》などに、姉、継母《ままはは》などやうの人々の、その物語、かの物語、光源氏のあるやうなど、ところどころ語るを聞くに、いとどゆかしさまされど、わが思ふままに、そらにいかでかおぼえ語らむ。いみじく心もとなきままに、等身《とうしん》に薬師仏《やくしぼとけ》を造りて、手洗ひなどして、人まにみそかに入りつつ、「京にとく上げたまひて、物語の多くさぶらふなる、あるかぎり見せたまへ」と、身を捨てて額《ぬか》をつき祈り申すほどに、十三になる年、上らむとて、九月三日門出《かどで》して、いまたちといふ所にうつる。

年ごろ遊び馴《な》れつる所を、あらはにこほちちらして、立ち騒ぎて、日の入りぎはの、いとすごく霧りわたりたるに、車に乗るとて、うち見やりたれば、人まには参りつつ額をつきし薬師仏の立ちたまへるを、見捨てたてまつる悲しくて、人知れずうち泣かれぬ。（二七九）

作者の父菅原孝標《すがわらのたかすえ》は、寛仁元年（一〇一七）から四年まで上総介《かずさのすけ》を務め、作者は父の任地上総で、十歳から十三歳まで過ごした。

冒頭に上総という地名は書かれていないが、作者は、「あづま路の道のはてよりもなほ奥つ方」という言い方で上総を説明している。作者は実際に武蔵、下総《しもうさ》、上総の三国を歩いて往復している。この体験から常陸よりも上総の方が奥だと言うのであるから、この奥は、東国の中で奥だということであり、京から歩くと上総の方が遠いということである。しかし、京から歩いて常陸より遠い東国の国はいくつもあるので、この言い方では上総という国名は特定できない。

多くの読者は、この国はどこだろうと考えるであろうが、答えは、門出したいまたちを出発すると下総に入るので、この謎の答えはすぐにわかるものである。国境を越えた隣国は当然のように下総であり、作者は上総が謎だったと思っていない。作者は、自分の上総の説明が十分だったと思っているか、自分が上総で育ったことを読者が知っていると思っているかのどちらかであると考えられる。

冒頭は物語のない東国の奥の地で物語に憧れて、物語のある京に上ることを夢見るようになったということを語っている。冒頭は、「東路の道の果て」「奥つ方」という浪漫的な響きの言葉で、読者の心を、遠い東路からの上京の旅へと誘うのである。

『更級日記』の冒頭は、三文から成り、引用本文は、一文を一段落としたものである。薬師仏については、第二文、第三文に書かれている。物語に憧れた作者は、薬師仏にあるかぎりの物語を見せてくださいと頼み、門出の際には、薬師仏との別れを惜しんでいる。日記は、もの哀しく抒情的に語り始められている。

だが、この薬師仏については、寺でもない国司の館に薬師仏が置けるのだろうか、父が十歳ほどの娘に薬師仏を注文するのか、国司の館を引き払う時に、すべての物は持ち出されているのになぜ薬師仏があるのかなど多くの疑問が残る。

「人まにみそかに入りつつ」とあるので、薬師仏に祈るのは作者と薬師仏の間の秘密であったと考えられる。また「等身に薬師仏を造りて」とあるのは、文字通り作者が薬師仏を造ったとも考えられている。津本信博氏は薬師仏を、「絵筆あるいは身近にある小刀か鋭利な小石のようなもので」「壁面に自分の背丈とおなじ大きさに薬師仏を描いたもの」とされている。(『更級日記の研究』)。

だが、薬師仏に祈るのは作者と薬師仏との秘密で、作者が薬師仏を造ったという説を突き詰めると、たどり着くのは、薬師仏が作者の想像上のものであるということである。『更級日記』全文を読んで得られる結論は、日記には多くの虚構の場面が描かれていることである。晩年の述懐にかかわる九つの夢が虚構であり、結末近くの来迎を約束する阿弥陀仏も虚構であった。冒頭の東方瑠璃光《るりこう》浄土の薬師仏と、結末部分の西方極楽浄土の阿弥陀仏は、執筆時に一対の構想として立てられたと考えられる。冒頭の薬師仏に関する記述は、虚構であるという結論に達するのである。

いまたち

門出したる所は、めぐりなどもなくて、かりそめの茅屋《かやや》の、蔀《しとみ》などもなし。簾《すだれ》かけ、幕など引きたり。南ははるかに野のかた見やらる。東西《ひむがしにし》は海近くていとおもしろし。夕霧たちわたりて、いみじうをかしければ、朝寝《あさい》などもせず、かたがた見つつ、ここを立ちなむこともあはれに悲しきに、(二八〇)

作者が門出をしたのは、上総の国府の館で、上総の国府は『和名類聚抄《わみょうるいじゅしょう》』に市原郡にあると記されている。国司の館の所在地は確認されていないが、市原市惣社の国分寺の発掘跡の近くであると言われている。

いまたちは、「いまたちといふ所」と書かれているように、門出した先の地名であると考えられる。「東西は海近くて」とあり、「東西」には問題があるにしても、いまたちは海の近くであると考えられる。

上総の国には、東京湾に沿って、木更津方面から下総を通って武蔵に至る古くからの道があったと考えられる。いまたちは、現在の市原市から北西に向かって進み、武蔵に至る道と交わった地点の近くではないかと考えられる。

「東西は海近くていとおもしろし」とあるので、近くに東京湾に突出した岬があり、作者は岬を歩いて訪れ、自分の左右が海であることを実際に見たのではないかと考えられる。

九月三日から九月十五日の出発まで、作者はいまたちに十二日間滞在したのであるから、「かたがた見つつ」と、あちらこちら見歩いたのであろう。「東西は海近くて」に実感があるように感じられる。

『土佐日記』によれば、紀貫之は国司の任期を終えて、十二月二十一日に門出をして、船に乗る所に移り、少しずつ移動するが、見送りの人々が何日も追ってきて、送別の宴を開いている。十二月の門出からの出来事は次のようになっている。

十二月二十一日　門出
二十二日　藤原のときざねの送別の宴
二十三日　八木のやすのりの送別の宴
二十四日　国分寺の住職による送別の宴
二十五日　後任の国司が主催する送別の宴
二十六日　同じく国司が主催する送別の宴
二十七日　大津から浦戸に移動　藤原のときざね、橘のすゑひらが追ってくる
二十八日　浦戸から大湊に向けて船出　山口のちみねによる贈り物
二十九日　大湊に停泊　一月八日まで大湊に停泊　医師による贈り物

いまたちにいる孝標一行のもとにも、送別のために人々が訪れたと考えられる。

いかた

同じ月の十五日、雨かきくらし降るに、境を出でて、下総《しもつさ》の国のいかたといふ所に

とまりぬ。庵《いほ》なども浮きぬばかりに雨降りなどすれば、おそろしくて寝《い》も寝《ね》られず。野中に、丘だちたる所に、ただ木ぞ三つ立てる。その日は雨に濡れたる物どもほし、国に立ち遅れたる人々待つとて、そこに日を暮らしつ。（二八〇）

九月十五日にいまたちから本格的に出発して、その日のうちに下総に入っている。十五日はいかたに泊まり、十六日にも同じ所に泊まっている。

いかたという地名は、池田であろうと言われている。写本は「いかた」であり、写本の表記に従う。諸注は『和名類聚抄』巻六下総国の部にある「池田」を指すとしている。その池田の地が、作者が泊まった地と一致しなくても、当時の一般的地名として池田があったということだけでも、十分に参考になる。「た」は、地名の由来から考えて「田」であると考えられる。

いまたちを出発した日は大雨で、夜も眠れないほど降り続いた。雨の翌朝見ると、丘のような所に木が三本立っていた。『更級日記』の上京の記には、「ただ木ぞ三つ立てる」「葵のただ三筋ばかりあるを」「水はその山に三所ぞ流れたる」と、三が多く使われているが、これらは古くから使われる聖数三であり、作者も遠い思い出の風景をたどるうちに、自然に潜在意識の三になったのであろうと考えられる。三は実際の数ではない。作者が雨の翌朝見たのは、木が少ししかない寂しい情景であったと考えられる。

この地名を「いかだ」だとして、ここでいかだが作られていたとする説がある。いかだがどういう所で作られていたかを考えると、林業が行われる山林地帯だと考えられるが、ここは海沿いの平野であり、周囲は「野中に」「丘だちたる所に」とあって、木のあるような所ではなく、作者も木がなくて寂しい所だと言っていたように、いかだ作りの材料のない所である。ここでいかだが作られていたことは考えられない。

ここで「国に立ち遅れた人々」を待つというのであるが、十二日もいまたちにいたのに、なぜ遅れた人々がいるのであろうか。国司の事務の引き継ぎも終わり、館の引き渡しも終わったのに、何をすることがあるのか。ここは、何かの個人的な事情で、一人か二人遅れた人がいたとしても、「人々」というのは、最後に見送りに来る人々であろうと思われる。十五日に会う約束の人々が、雨のため出発を延期したので、一日待つことになったのだと考えられる。十六日に約束の人々と出会い、最後の送別の宴が持たれたのではないかと考える。

村田川

十七日のつとめて立つ。昔、下総の国に、まののてうといふ人住みけり。疋布《ひきぬの》を千《ち》むら万《よろづ》むら織らせ、晒《さら》させけるが家の跡とて、深き川を舟にて渡る。昔の門《かど》の柱のまだ残りたるとて、大きなる柱、川の中に四つ立てり。人々歌詠むを聞きて、心のうちに、

朽ちもせぬこの川柱のこらずは昔のあとをいかで知らまし（二八一）

十七日にいかたを出発して、「深き川」を舟で渡っている。地図で東京湾にそそぐ川を調べると、下総の国境付近を流れる深い河は、村田川であると考えられる。村田川は、上総と下総の国境付近を流れていて、かつて境川と呼ばれていたという。いかたの場所は、かなり限定できる。いかたは、旧下総の国境と村田川の間の地点となる。

村田川は、国境の川なので、十六日にやってきた見送りの人々は、村田川のほとりまで見送って帰ったと考えられる。『土佐日記』でも、「国の境のうちは」と言って、見送りの人々が境まで追ってきた。『土佐日記』の場合、長岡郡と香美郡の境まで、見送りの人々が来ている。

くろとの浜

その夜は、くろとの浜といふ所にとまる。かたつ方《かた》はひろ山なる所の、砂子《すなご》はるばると白きに、松原茂りて、月いみじう明《あか》きに、風の音もいみじう心ぼそし。人々をかしがりて歌詠みなどするに、

まどろまじ今宵《こよひ》ならではいつか見むくろとの浜の秋の夜の月（二八一）

九月十七日にくろとの浜に泊まっている。くろとの浜に泊まっていることによって、海岸沿いに移動していることがわかる。くろとの浜の位置は、村田川と太井川の中間あたりではないかと考えられる。

くろとの浜の名が文献に残るものとしては、一五一四年ごろの成立とされる『雲玉《うんぎょく》集』の二首の歌がある。

下総千葉の浦を　　よみ人知らず
植ゑおきし所の名にもにぬものはくろとの浜の白菊の花

かの浦をながめやりて、思出づることのありしかば、かやうに申せし　　衲叟
さばへなす人のこころの世中はくろとの浜のおきつしら波

くろとの浜が下総千葉の浦であることはわかるが、場所は確定できない。

太井川のほとり

そのつとめて、そこを立ちて、下総の国と武蔵との境にてある太井川《ふとゐがは》といふが上《かみ》の瀬、松里の渡りの津にとどまりて、夜一夜《ひとよ》、舟にてかつがつ物など渡す。乳母《めのと》なる人はをとこなどもなくなして、境にて子生みたりしかば、はなれてべちに上る。いと恋しければ、行かまほしく思ふに、せうとなる人いだきて率《ゐ》て行きたり。皆人《みなびと》は、かりそめの仮屋などいへど、風すくまじく、ひきわたしなどしたるに、これはをとこなども添はねば、いと手はなちに、あらあらしげにて、苫《とま》といふものを一重《ひとへ》うちふきたれば、月残りなくさし入りたるに、紅《くれなゐ》の衣《きぬ》上に着て、うちなやみて臥《ふ》したる月かげ、さやうの人にはこよなくすぎて、いと白く清げにて、めづらしと思ひてかき撫《な》でつつ、うち泣くを、いとあはれに見捨てがたく思へど、いそぎ率《ゐ》て行かるる心地、いとあかずわりなし。おもかげにおぼえて悲しければ、月の興もおぼえず、くんじ臥しぬ。

つとめて舟に車かき据ゑて渡して、あなたの岸に車ひきたてて、送りに来つる人々これよりみなかへりぬ。上るはとどまりなどして、行き別るるほど、行《ゆ》くもとまるも、みな泣きなどす。幼心地にもあはれに見ゆ。（二八二）

十八日にくろとの浜を立ち、太井川のほとりに泊まっている。太井川は、現在の江戸川である。東京湾の沿岸沿いの道を行く旅なので、上流の「松里の渡り」には、泊まっていない。「松里の渡り」が太井川の渡し場として名前が知られていたので、物語の背景として利用したのだと考えられる。

太井川のほとりで、乳母が子を産み、一行と別に旅をすることになったので、別れを告げに行く場面が描かれている。しかし乳母がいつどこで子を産んだのか、作者が会いに行ったのは、出産の当日か、数日後かなどについて諸説がある。

①「境にて子生みたりしかば」の境を、上総と下総の境として、太井川より前とする。
②乳母は作者一行よりも前に出発して、何日も前に太井川のほとりで出産していた。
③十八日に出産して、その夜に作者が会いに行った。
④作者一行は、太井川のほとりに何日か滞在した。

以上の四つが主な説であるが、①のように、太井川の前で出産したとすると、出産のための仮屋がなぜ太井川のほとりにあるのか説明がつかない。

また②は、乳母は一行よりも先に出発していたとするが、当時のように連絡の手段のないころに、別々に出発して、いつどこで出産して出会うかは知ることはできないと思われる。夫を亡くしたという乳母が単独で先に行くことは考えられず、侍女が一人ついていったとしても、侍女に仮屋を作るのは無理であり、全身に月の光が当たるような仮屋で何日も風雨を凌ぐことはできないと考えられる。

③は一行がともに旅をした場合であるが、十八日に出発して、夕方近くにその日の予定の太井川のほとりに着き、それから仮屋を作って出産し、その後別れに訪れるのでは、その日のうちに訪れることは不可能となる。

④のように、太井川のほとりに滞在したとは、書かれていない。着いた夜から、荷物を舟で運び、翌朝一行が川を渡ったと書かれている。

すなわち、どの説によっても、太井川のほとりの乳母との別れの場面は成立することはない。作者が乳母に会いに行った場面で、乳母の横には、赤子が寝ているか、泣いているかしているはずであるが、赤子は影も形もない。これは、別れの場面自体が虚構であること以外に説明がつかないのである。

乳母との別れの場面は、乳母を美しく描いて、上京の翌年の春に死んだ乳母に捧げられていると考えられる。月の光は死の象徴であり、次のような「夕顔」の巻の影響のもとに描かれている。

八月十五夜、隈なき月影、隙多かる板屋残りなく漏り来て、見ならひたまはぬ住まひのさまもめづらしきに、（①一五五）

乳母のもとに、兄が抱いて連れていったというのは虚構である。作者は上京の旅において、次のように自分が幼いと想像している。

幼心地にもあはれに見ゆ。（二八三）

幼き心地には、ましてこのやどりをたたむことさへあかずおぼゆ。（二八八）

『源氏物語』の「若紫」の巻には、「十ばかり」の少女が、十歳とは思えないほど幼く描かれている。

中に、十ばかりやあらむと見えて、白き衣、山吹などの萎えたる着て走り来たる女子、あまた見えつる子どもに似るべうもあらず、いみじく生ひ先見えてうつくしげなる容貌《かたち》なり。（①二〇六）

つらつきいとらうたげにて、眉のわたりうちけぶり、いはけなくかいやりたる額つき、髪ざしいみじううつくし。ねびゆかむさまゆかしき人かな、と目とまりたまふ。（①二〇七）

作者は自分を「若紫」の少女のように思っている。また軽々と負われていく『伊勢物語』芥川の段の高子の姿を重ねているかもしれない。

女のえ得まじかりけるを、年を経てよばひわたりけるを、からうじて盗みいでて、いと暗きに来けり。芥川といふ川を率ていきければ、草の上に置きたりける露を、「かれは何ぞ」となむ男に問ひけり。

「若紫」の少女は、源氏に車に乗せられて、二条院へ連れてこられる。

かき抱きて出でたまへば、大夫、少納言など、「こはいかに」と聞こゆ。(①二五四)二条院は近ければ、まだ明うもならぬほどにおはして、西の対に御車寄せて下りたまふ。若君をば、いと軽らかにかき抱きて下ろしたまふ。(①二五五)

物語の女主人公は、少女ではなくても、軽々と車に乗せられる。夕顔は五条の家から某の院へ車に乗せられていく。

軽らかにうち乗せたまへれば、右近ぞ乗りぬる。そのわたり近きなにがしの院におはしまし着きて、預り召し出づるほど、荒れたる門の忍ぶ草茂りて見上げられたる、たとしへなく木暗し。(①一五九)

軽々と抱いて連れていかれるということには、物語の女主人公のイメージが重ねられている。

十九日の朝、舟で対岸に渡る。日記には、見送りの人々との別れが書かれているが、ここは国境ではないので、見送りの人々は来ない。当時国境まで見送る習慣があったなら、人々は村田川まで来たはずである。

こうして、太井川のほとりでは何事も起こらなかったのである。

武蔵の国

今は武蔵の国になりぬ。ことにをかしき所も見えず。浜も砂子白くなどもなく、泥《こひぢ》のやうにて、むらさき生ふと聞く野も、蘆荻《あしをぎ》のみ高く生ひて、馬に乗りて弓もたる末見えぬまで、高く生ひ茂りて、中をわけゆくに、たけしばといふ寺あり。（二八三）

武蔵の国に入っているが、実際には隅田川を渡っている。十九日に太井川を渡り、隅田川のほとりで一泊して、二十日に渡っていると考えられる。

すぐに海岸の色が白くなかったと言うので、やはり海岸沿いの移動をしている。蘆や荻が生い茂っていたというのは、河口に近い低湿地を歩いていると見られる。東京湾に沿って最短距離を移動して、川崎方面に向かう経路としては、品川を通ると考えられる。

竹芝寺は、現在の港区三田の済海寺であると言い伝えられている。『江戸名所図会』

に、「竹芝寺旧址　済海寺と同隣の土岐侯の邸の地　其旧跡なりと言ひ伝ふ」とあり、済海寺と旧土岐侯邸の境には、亀山塚という小高い丘がある。丘の上には寛延三年（一七五〇）建立の竹芝伝説の由来を書いた石碑が立っている。『江戸名所図会』には、今の済海寺の地は海辺であったから、『更級日記』の記述に合わないという説が書かれている。しかし、海辺だからこそ、海岸沿いに歩いている孝標一行が通ったであろうと言うことができる。

武蔵から相模へは、多くの旅人が通った最短距離の道を採ったと考えられる。採ったと考えられるルートは、品川―大森―川崎―横浜―保土ケ谷―戸塚―藤沢となる。

あすだ川

野山蘆荻の中をわくるよりほかのことなくて、武蔵と相模との中にゐて、あすだ川といふ、在五中将《ざいごちゆうじやう》の「いざこと聞はむ」と詠みける渡りなり。中将の集にはすみだ川とあり。舟にて渡りぬれば、相模の国になりぬ。（二八六）

これを読んだ読者は、隅田川は武蔵と相模の境ではないと思うに違いない。これを読む当時の読者で、『伊勢物語』の東下りを知らない人はいないと考えられる。

なほゆきゆきて、武蔵の国と下つ総の国とのなかにいと大きなる川あり。それをすみだ川といふ。その川のほとりにむれゐて、思ひやれば、かぎりなく遠くも来にけるかな、とわびあへるに、渡守、「はや船に乗れ。日も暮れぬ」といふに、乗りて渡らむとするに、みな人ものわびしくて、京に思ふ人なきにしもあらず。

東下りは、常陸の引歌よりも有名である。読者は下総と武蔵の境が太井川だという所で、これは違うと思うに違いない。そして、当時の読者も、現在の読者と同じように好意的な解釈をして、作者の記憶違いだろうということにするのであろう。

作者は乳母と見送りの人々との二つの別れの場面を書くために、太井川を国境の川に変えた。そうしたからには、隅田川は、『更級日記』の世界では武蔵と相模の境の川でなくてはならない。作者は、意図的に二つの川の位置を変えている。

なぜ『更級日記』では、隅田川ではなく太井川が武蔵と相模の国境になったのか。考えられる理由としては、作者が渡った隅田川が低湿地で、蘆や荻が多く、美しい場面の背景として気に入らなかったのではないかということと、松里の渡りというような物語にふさわしい渡し場の名前がなかったのではないかということがある。また隅田川までは、あまりに遠すぎて、見送りの人々が来るはずがないということがあったのではないかと考えられる。

武蔵と下総の国境のような、だれでも知っている基本的な事柄に誤りがあることは、作品として一つの欠点になるのではないだろうか。

相模の国

にしとみといふ所の山、絵よくかきたらむ屏風をたて並べたらむやうなり。かたつ方は海、浜のさまも、寄せかへる波のけしきも、いみじうおもしろし。もろこしが原といふ所も、砂子のいみじう白きを二三日《ふつかみか》行く。「夏はやまと撫子《なでしこ》の、濃くうすく錦をひけるやうになむ咲きたる。これは秋の末なればみえぬ」といふに、なほ所々はうちこぼれつつ、あはれげに咲きわたれり。「もろこしが原に、やまと撫子しも咲きけむこそ」など、人々をかしがる。（二八七）

にしとみは、神奈川県藤沢市の遊行寺付近、もろこしが原は、大磯付近だと言われている。白い砂の海岸を二三日歩いているが、これは平塚、大磯を通って小田原へ向かって歩いていると考えられる。相模に入ってこのあたりで秋の末になっている。

足柄山

足柄山といふは、四五日かねておそろしげに暗がりわたれり。やうやう入り立つ麓のほどだに、空のけしき、はかばかしくも見えず、えもいはず茂りわたりて、いとおそろしげなり。麓に宿りたるに、月もなく暗き夜の、闇にまどふやうなるに、遊女三人《あそびみたり》、いづくよりともなく出で来たり。五十ばかりなる一人、二十《はたち》ばかりなる、十四五なるとあり。庵《いほ》の前にからかさをささせて据ゑたり。をのこども、火をともして見れば、昔、こはたといひけむが孫といふ。髪いと長く、額《ひたひ》いとよくかかりて、色白くきたなげなくて、さてもありぬべき下仕《しもづか》へなどにてもありぬべしなど、人々あはれがるに、声すべて似るものなく、空にすみのぼりてめでたく歌をうたふ。人々いみじうあはれがりて、けぢかくて、人々もて興ずるに、「西国《にしぐに》の遊女《あそび》はえかからじ」などいふを聞きて、「難波辺《なにはわた》りにくらぶれば」とめでたくうたひたり。見る目のいときたなげなきに、声さへ似るものなくうたひて、さばかりおそろしげなる山中にたちて行くを、人々あかず思ひてみな泣くを、幼き心地には、ましてこのやどりをたたむことさへあかずおぼゆ。（二八七）

「四五日かねて」は、「四五日前から」の意。海岸線を離れて山道に入ると、暗い山道が足柄山まで四、五日続いていた。

足柄山の麓に宿った夜に、三人の遊女が現れる。『更級日記』における三という数字が、実際の三ではないということは、すでに指摘されていることである。それではこの場合、現れた遊女は三人ではなく、もっと多かったのだろうか。それとも現れたのは夜ではなく、昼間だったのだろうか。

『更級日記』の虚構性から考えて、この足柄山の夜の場面は、執筆時に考えられた虚構の場面であると言うことができる。上総で十三歳まで過ごした作者は、上京の旅のころには、まだ遊女について知らなかったのではないかと思う。上京して書物から知識を得て、実際には和泉の国への旅の途中で遊女に会ったという体験から、『更級日記』の二箇所に遊女に会ったことが書かれたのではないだろうか。

足柄山の夜の場面の美しい少女は、こうありたいと思う作者自身の姿でもある。作者は読者がかわいそうに思って同情するような物語の主人公になりたかった。悲しい主人公になることは、作者の憧れであった。これは日記の結びの姥捨山の場面にも言える。

駿河の国

足柄山を越えて、駿河の国に入っている。

まだ暁より足柄を越ゆ。まいて山の中のおそろしげなることといはむかたなし。雲は足の下に踏まる。山のなからばかりの、木の下のわづかなるに、葵《あふひ》のただ三筋ばかりあるを、「世ばなれてかかる山中にしも生ひけむよ」と、人々あはれがる。水はその山に三所《みところ》ぞ流れたる。からうじて、越え出でて、関山にとどまりぬ。これよりは駿河なり。よこはしりの関のかたはらに、岩壷といふ所あり。えもいはず大きなる石の四方なる中に、穴のあきたる中より出づる水の、清く冷たきことかぎりなし。

（二八八）

難所の足柄山を越えて、駿河にたどり着いた喜びが感じられる。

上京の旅は、九月三日に門出をして、十二月二日に京に着いているので、約三か月の旅であるが、旅の記述の密度は均等ではなく、まったく書かれない日や、その日の描写が細かい日もある。

執筆時の作者はそれほど詳しい記録を持っていたわけではなく、遠い記憶を基にして、旅の記述には、強弱、明暗のコントラストがつけられていると思われる。「明」は風景の美しい所、感動的なことがあった所で、「暗」は景色もよくなく、旅の苦難、苦労があった所である。

冒頭は、薬師仏との悲しい別れを描いて、しみじみと抒情的に始まっている。次のいまたちでも、周囲の風景が美しく、「ここを立ちなむこともあはれに悲しきに」と、冒頭と同じように、上総への愛着、惜別を語っている。

いかたは大雨で、逗留を余儀なくされる旅の苦難が描かれている。村田川では、一人懐旧の情にひたって歌を詠み、くろとの浜では、月の夜の美しい海岸の歌を詠み、この二箇所は冒頭の抒情性を引き継いでいる。

武蔵の国は、海岸も黒く期待外れだったが、にしとみ、もろこしが原は風景も美しく、花も咲いている。そして暗く恐ろしい足柄山を越えている。これまでの旅では、いかた、武蔵の国、足柄山が、旅の苦難の要素として描かれていた。

太井川を渡って、武蔵の国に入った所で、「今は武蔵の国になりぬ」と言うが、作者はここで、今までの日記の書き方を変えている。冒頭から九月の日記には日付が記され、それは、日記にリアリティを感じさせるものであった。執筆時に設定されたものであったかもしれないが、日記には次の日付が書かれていた。

九月三日　門出

九月十五日　いまたちを出発して、いかた泊
九月十六日　いかた泊
九月十七日　くろとの浜泊
九月十八日　太井川のほとり泊
九月十九日　太井川を渡る

日記の流れに従えば、武蔵に入った日は十九日と書かれてもよかった。しかし作者は十九日という日付を記さない。太井川を渡っても、実際はまだ下総であり、武蔵に実際に入った日は、二十日か二十一日であったことで、作者は十九日と書くのをやめたと考えられる。作者が考えてきた日付は、ここで実際とずれてしまった。作者は日付を書くことをここで放棄したと考えられる。これ以後主に経由した地名が記される。

あすだ川の箇所は、「野山蘆荻の中をわくるよりほかのことなくて」と始まるが、これは遠く「今は武蔵の国にいりぬ」「蘆荻のみ高く生い茂りて」に続くもので、武蔵の国に関する記述は、両方合わせて数行のごく短いものであった。二つの箇所の間には、長い竹芝寺の物語が記されている。このことをどう考えるかについては、二つのことが考えられる。

一つは、上総や下総に比べて、武蔵の記事があまりに短いので、武蔵に関する物語を書くことにして、よい国だと書けなかった武蔵を、よい印象を与えるようにしたのではないかということである。

もう一つは、竹芝寺の物語がないと、太井川のすぐ後に隅田川を書くことになり、隅田川の虚構があらわになり、武蔵と相模の国境が注目されることになるので、長い物語を入れることによって、いくらかなりとも韜晦《とうかい》しようとしたのではないかということである。

富士山

富士の山はこの国なり。わが生ひ出でし国にては西面《にしおもて》に見えし山なり。その山のさま、いと世に見えぬさまなり。さまことなる山の姿の、紺青を塗りたるやうなるに、雪の消ゆる世もなくつもりたれば、色濃き衣《きぬ》に、白き衵《あこめ》着たらむやうに見えて、山のいただきのすこし平らぎたるより、煙《けぶり》は立ち上る。夕暮は火の燃えたつも見ゆ。

(二八九)

富士の煙や浅間の煙は、歌に多く詠まれている。『新古今集』から引用する。

あづまのかたへ修行しはべりけるに、富士の山をよめる

風になびく富士の煙の空に消えて行方も知らぬわが思ひかな　　西行

富士のねの煙もなほぞ立ちのぼる上なきものは思ひなりけり　　藤原家隆

しるしなき煙を雲にまがへつつ世をへて富士の山ともえなん　　紀貫之

煙立つ思ひならねど人知れずわびては富士のねをのみぞなく　　清原深養父

道すがら富士の煙もわかざりき晴るるまもなき空のけしきに　　源頼朝

天の原富士の煙の春の色のかすみになびくあけぼのの空　　慈円

いたづらに立つや浅間の夕煙里とひかぬるをちこちの山　　藤原雅経

あづまのかたにまかりけるに、浅間の岳に煙の立つを見てよめる

信濃なる浅間のたけに立つ煙をちこち人の見やはとがめぬ　　在原業平

清見が関

清見が関は、かたつ方は海なるに、関屋どもあまたありて、海までくぎぬきしたり。けぶり合ふにやあらむ、清見が関の波もたかくなりぬべし。おもしろきことかぎりなし。（二八九）

「けぶり合ふにやあらむ」が、どういう情景であるかわかりにくいが、波と波が「けぶり合ふ」様子だと考えられる。「けぶり」は「潮煙」で、波が砕けて白く波しぶきが上がる様子だと考えられる、波が同時に幅広く砕けて霧がかかったように見える情景であろうと考えられる。

これまでの研究書で、波と波が「けぶり合ふ」とした解釈には次のものがある。

海面には潮煙が立ちあうのであろう。ぼうっとしてよく見えぬが、どうやら波が高くなりそうなけはいである。（玉井幸助『更級日記新註』）

潮煙が立ちあっているのだろう。（西下経一・岩波文庫『更級日記』）

波が潮煙をあげて煙りあうのであろう。（関根慶子・講談社学術文庫『更級日記』）

潮煙がいっせいに立っているのであろうか。（池田利夫・旺文社文庫『更級日記』）

「けぶり合ふ」という語は、『源氏物語』には例がなく、「けぶりわたる」が「若紫」に一例、「けぶる」が「柏木」に一例ある。「若紫」の例を引用する。

はるかに霞みわたりて、四方の梢そこはかとなうけぶりわたれるほど、「絵によくも似たるかな。かかる所に住む人、心に思ひ残すことあらじかし」とのたまへば、

（①二〇二）

木々の梢が「そこはかとなうけぶりわたれる」は、「いっせいに若芽の萌え出ている様子」である。「柏木」の例を引用する。

御前の木立いたうけぶりて、花は時を忘れぬけしきなるをながめつつ、もの悲しく、さぶらふ人々も鈍色にやつれつつ、さびしうつれづれなる昼つ方、（④三二八）

木立が「いたうけぶりて」は、「いっせいにぼうっと芽ぶくさま」である。

このような用例によっても、波が「けぶり合ひて」も、潮煙がけむりわたると同じで、白く霧がかかったように見える様子だと考えられる。波しぶきの激しさから「波も高くなりぬべし」へ続くと考えられる。

富士の煙は空に高く上がって、行方も知れず消え去るのに対して、潮煙は、辞書を引くと、「砕けて飛び散る海水のしぶき」で、落ちるものであり、異質のものであるから比較の対象にはならないと考える。説話に山と山が争う話はあるが、煙と波が競い合う話はない。

遠江の国

沼尻といふ所もすがすがと過ぎて、いみじくわづらひ出でて、遠江《とほたふみ》にかかる。さやの中山など越えけむほどもおぼえず。いみじく苦しければ、天ちうといふ川のつらに、仮屋造り設けたりければ、そこにて日ごろ過ぐるほどにぞ、やうやうおこたる。冬深くなりたれば、川風けはしく吹き上げつつ、堪へがたくおぼえけり。その渡りして浜名の橋に着いたり。浜名の橋、下りし時は黒木を渡したりし、このたびは、あとだに見えねば舟にて渡る。入江に渡りし橋なり。(二九一)

「冬深くなりたれば」と、このあたりで十月の後半になっている。旅も後半に入り、冬の寒さも厳しく、このように天竜川のほとりでは、病気のため仮屋で数日過ごすような苦難にあっている。「その渡りして」は、天竜川を渡っている。浜名の橋は、行きにあった黒木の橋がなくなっていた。

近江の国

みつさかの山の麓に、夜昼、時雨あられ降りみだれて、日の光もさやかならず、いみじうものむつかし。そこを立ちて、犬上《いぬかみ》、神崎《かんざき》、野洲《やす》、栗太《くるもと》などいふところどころ、なにとなく過ぎぬ。湖のおもてはるばるとして、なで島、竹生島《ちくぶしま》などいふ所の見えたる、いとおもしろし。勢多《せた》の橋みなくづれて渡りわづらふ。(二九三)

近江に入ると、雪、あられ、時雨の日が多く、景色のよい所もなかった。十一月に入ると、日記の記述はきわめて少なくなり、作者は旅日記の終わりを急いでいると見られる。浜名の橋が壊れていて渡れなかったが、勢多の橋も壊れていた。橋が壊れて渡れないのは、旅の苦難の例として書かれていると考えられる。

逢坂の関

粟津《あはづ》にとどまりて、師走の二日、京に入る。暗く行き着くべくと、申《さる》の時ばかりに立ちて行けば、関近くなりて、山づらにかりそめなるきりかけといふものしたる上より、丈六《じやうろく》の仏の、いまだ荒造りにおはするが、顔ばかり見やられたり。あはれに人はなれて、いづこともなくておはする仏かなとうち見やりて過ぎぬ。ここらの国々を過ぎぬるに、駿河の清見が関と、逢坂の関とばかりはなかりけり。いと暗くなりて三条の宮の西なる所に着きぬ。(二九三)

逢坂の関近くの、山中の板塀の上から、未完成の仏の顔だけが見えた。この仏像は、改修中の関寺の仏像だと言われている。しかし、作者が逢坂の関を通過した寛仁四年(一〇二〇)に、関寺が改修中だったという記録や、仏像が造られていたという記録は今のところ見つかっていない。

作者は、人里離れてぽつんと寂しそうにしている仏だと思って心を惹かれるが、旅立ちの時に、霧の向こうに立っている薬師仏との別れが悲しかったのと同じような場面である。旅の始めの仏像が虚構であり、旅の終わりのこの仏像もまた虚構だと考えられる。

清見が関と逢坂の関が一番よかったと言っているが、逢坂の関には、仏像を除けば何一つ心に残るものはなかった。旅の終わりであり、何も言わないわけにはいかない名所であるから、作者は虚構の仏像を描いたと考えられる。

上京の旅では、薬師仏、太井川のほとりの別れ、あすだ川を渡る、足柄山の遊女、逢坂の関の仏像という五つの虚構の場面が描かれ、また竹芝寺、富士川の物語も創作されたかもしれないと考えられる。帰京の旅の三首の歌も、執筆時の作であろうと思われる。

二　物語耽読

三条の宮の西の家

ひろびろとあれたる所の、過ぎ来つる山々にも劣らず、大きにおそろしげなるみやま木どものやうにて、都のうちとも見えぬ所のさまなり。ありもつかず、いみじうもの騒がしけれども、いつしかと思ひしことなれば、「物語もとめて見せよ、物語もとめて見せよ」と母をせむれば、三条の宮に、親族《しぞく》なる人の、衛門の命婦とてさぶらひける、尋ねて、文遣りたれば、めづらしがりてよろこびて、御前のをおろしたるとて、わざとめでたき冊子ども、硯の筥《はこ》の蓋に入れておこせたり。（二九四）

三条の宮は、一条天皇の第一皇女修子内親王で、母は定子。孝標邸は、かつての大進生昌邸であり、孝標が入手したのは、上総へ旅立つ少し前とされている。

上京の旅を終えてたどり着いた孝標邸の、広々として木々が生い茂っている様子が描かれている。京の家に着くとすぐに物語を探し求めるのは、旅立ちの時からの念願であるから、もっともなことであるが、ここに突然母が出てくることに驚かされる。母は孝標が不在の間に、この家に来て住んでいたのかと思わせる。

帰京すると、その年のうちに、継母は孝標と別れてこの家を出ていく。作者によると、継母は宮仕えをしていた人で、宮仕えを辞して上総へ行き、思い通りではないことがあったという。そのような上総以来の事情によって、帰京後ほどなく離別したなら、継母が去ってから母がこの家に来たことも考えられる。母がこの家にもとからいたのか、少し後から来たのか、日記はそんなことを語らない。

京で、母との感動の再会があったのではないかと思うのだが、日記はそれらのことには触れていない。母は庭の樹木ほどにも書かれていない。日記全体を通して、作者は母に関して書こうとしないのである。作者の物語入手には、母の働きがあるのだが、たまたまかかわっていたので記されただけのようにも思える。

母は上総の旅に同行していないと考えられる。後に母は次のように言っている。

初瀬には、あなおそろし。奈良坂にて人にとられなばいかがせむ。石山、関山越えていとおそろし。鞍馬はさる山、率て出でむいとおそろしや。（三一九）

このように、逢坂山を越えるのを恐ろしがり、初瀬寺や鞍馬山へ行くのも恐ろしがる人が、多くの難所があり足柄山を越える東国の旅に行くはずはない。

上総へ母が行かずに継母が同行したことには、次の二つの場合が考えられる。一つは、母が嫌がったので、継母が仕方なく同行したという場合、もう一つは、任国に同行するのは慣例として正妻であり、継母は周囲も認める正妻であったという場合である。また、任地に正妻が同行する場合、他の愛人は行かなかったのではないだろうか。

母は藤原倫寧《ともやす》の晩年の子で、『蜻蛉日記』の作者の異母妹であるが、倫寧家の使用人の子であるらしく、正妻として記録に残ることのなかった人である。作者と兄と姉の三人の子がいる。

継母は高階成行女《たかしなのなりゆきのむすめ》で、孝標と離別後は後一条天皇中宮威子《いし》に上総大輔の名で仕えた歌人である。離別した時、孝標との間に五歳の子がいた。作者の兄定義は十九歳とされるので、母は継母よりも十年以上前からの妻であり、年齢も上だったと考えられる。母は年取って尼になってからも孝標邸に住んだが、そのように長くつれそっても、正妻とは認められなかったようである。

日記が語らない京に到着したころの状況として、次のようなことも考えられるのではないだろうか。上総にいた時から、継母が離別の決心をしていたなら、継母は孝標邸には来なかったのではないか。孝標邸に来たのは、これからも一緒に暮らす予定だったのではないかと考えられる。そうして孝標邸に着いたら、思いがけず、母が住んでいたので、継母は出ていくことになったのではないだろうか。

継母との別れ

継母なりし人は、宮仕えせしが下りしなれば、思ひしにあらぬことどもなどありて、世の中うらめしげにて、外《ほか》の渡るとて五つばかりなる児《ちご》どもなどして、「あはれなりつる心のほどなむ、忘れむ世あるまじき」などいひて、梅の木の、つま近くて、いと大きなるを、「これが花の咲かむをりは来《こ》むよ」といひおきて渡りぬるを、心のうちに恋しくあはれなりと思ひつつ、しのびねをのみ泣きて、その年もかへりぬ。いつしか、梅咲かなむ。来むとありしを、さやあると、目をかけて待ちわたるに、花もみな咲きぬれど、音もせず。思ひわびて花を折りてやる。

頼めしをなほや待つべき霜枯れし梅をも春はわすれざりけり

といひやりたれば、あはれなることども書きて、

なほ頼め梅の立ち枝《え》は契りおかぬ思ひのほかの人も訪《と》ふなり（二九五）

継母は、「梅の花が咲いたら来るからね」と言って去った。年が明けて、作者は早く梅が咲かないかと待っていたが、梅が咲いても、何の音沙汰もない。作者が「あてにさせておいて、まだ待たなければいけないのですか。梅の花は春を忘れなかったのに」という歌を贈る。すると継母から「やはり待っていてください。梅の花が咲いていると、思いがけない人も来ると言いますから」という返歌が来る。結局継母は自分は行かないと言っている。

母との間には見られないような、継母とのしみじみとしたやりとりが見られる。しかし、このやりとりは作者がどんなに継母を慕っていたかを言おうとしているものではないようだ。日記全体を通して見ると、作者には人が訪れてくれないという嘆きの歌が非常に多い。結末の姥捨山の部分で言いたいことも、だれも自分のもとを訪れてくれない、音沙汰もないということなので、この箇所は、結末につながる人の訪れのなさを嘆く歌の原点となるものだと考えられる。

乳母の死

その春、世の中いみじう騒がしうて、松里の渡りの月かげあはれに見し乳母《めのと》も、三月ついたちに亡くなりぬ。せむかたなく思ひ嘆くに、物語のゆかしさもおぼえずなりぬ。いみじく泣きくらして見いだしたれば、夕日のいとはなやかにさしたるに、桜の花のこりなく散りみだる。

散る花もまた来む春は見もやせむやがて別れし人ぞこひしき（二九六）

上京した翌年の春、疫病で乳母が亡くなる。乳母は上総に同行し、ともに上京の旅をして、京の孝標邸へ帰ったと考えられる。

この場面には夕日と桜が描かれているが、諸注が指摘するように、『源氏物語』「薄雲」の巻の、源氏が藤壺の死を悲しむ、次の場面の影響があると考えられる。

夕日はなやかにさして、山際の梢あらはなるに、雲の薄くわたれるが鈍色なるを、何ごとも御目とどまらぬころなれど、いとものあはれに思さる。（②四四八）

侍従大納言の御むすめ

また聞けば、侍従の大納言の御むすめの亡くなりたまひぬなり。殿の中将のおぼし嘆くなるさま、わがものの悲しきをりなれば、いみじくあはれなりと聞く。上り着きたりし時、「これ手本にせよ」とて、この姫君の御手をとらせたりしを、「さよふけてねざめざりせば」など書きて、「鳥辺山たにに煙《けぶり》のもえ立たばはかなく見えしわれと知らなむ」と、いひ知らずをかしげに、めでたく書きたまへるを見て、いとど涙を添へまさる。（二九六）

侍従の大納言は、藤原行成。行成女の死は、三月十九日。殿の中将は、行成女の夫藤原家長。十二歳の行成女と十五歳の家長が結婚した話は、『栄花物語』に詳しい。

作者は、十代に身近な二人の人の死を経験している。乳母の死と姉の死である。姉の死は、この行成女の死を起点として、次の七つの構想のもとに書かれている。

行成女の死（十四歳三月）
転生の猫（十五歳五月）
荻の葉（十五歳七月十三日）
家の焼失（十六歳四月）
姉の死（十七歳五月一日）
かばねたづぬる宮（十七歳夏）
追悼の歌七首（十七歳冬）

行成女の死が書かれている時に、すでに次の転生の猫の話が書かれることは決められていたと考えられる。

紫のゆかり

かくのみ思ひくんじたるを、心もなぐさめむと、心苦しがりて、母、物語などもとめて見せたまふに、げにおのづからなぐさみゆく。紫のゆかりを見て、つづきの見まほしくおぼゆれど、人かたらひなどもえせず。たれもいまだ都なれぬほどにてえ見つけず。いみじく心もとなく、ゆかしくおぼゆるままに、「この源氏の物語、一の巻よりしてみな見せたまへ」と心のうちにいのる。親の太秦にこもりたまへるにも、ことごとなくこのことを申して、出でむままにこの物語見はてむと思へど見えず。(二九七)

はしるはしるわづかに見つつ、心も得ず心もとなく思ふ源氏を、一の巻よりして、人もまじらず、几帳のうちにうち臥して引き出でつつ見る心地、后の位も何かはせむ。(二九八)

行成女の死からほどなく、作者は「紫のゆかり」という物語を入手する。日記の中の作者の言葉から、「紫のゆかり」が何であったかがわかる。すべてが玉鬘系の物語と一致する。

「この源氏の物語」「心も得ず心もとなく思ふ源氏を」——「紫のゆかり」が『源氏物語』の一部であること。

「一の巻よりしてみな見せたまへ」——「紫のゆかり」が一の巻を持たないこと。「帚木」から始まることと一致する。

「つづきの見まほしくおぼゆれど」——完結せず、途中までであること。「真木柱」までであることに一致する。

「はしるはしるわづかに見つつ」——とびとびで少しずつ読むことは、四つに分かれた玉鬘系の形態に一致する。

「心も得ず心もとなく思ふ」——前後に続かない部分があり、引用された紫上系の物語が何であるか理解できない。

かつて玉鬘系後記挿入説が唱えられた。だが後記はされているが、挿入はされていない。玉鬘系の物語は、玉鬘系だけで、まとめて十六巻で流布している。作者は、紫上系とは別に十六巻を書き、紫上系とは別に（挿入されずに）流布している。

物語は、作者の手を離れると、どこまでも漂流して遠くまで行ってしまう。孝標女が

「紫のゆかり」を入手したころには、世の中にはまだ紫上系の物語が漂流していたと考えられる。また、物語は一巻ごとに発表されるのではなく、まとめて一度に手放されたと考えられる。玉鬘系の物語は、紫上系の物語が書かれてから数年後に、ひとまとまりに世に出て、書写されていった。物語は、発表された時から、巻ごとに綴じられ、表紙に巻名が記されていたと考えられる。発表とは、物語が完成して、物語仲間の手に渡り、書写が開始することであると考えられる。

源氏の五十四巻

いとくちをしく思ひ嘆かるるに、をばなる人の田舎より上りたる所にわたいたれば、「いとうつくしう生ひなりにけり」など、あはれがり、めづらしがりて、かへるに、「何をかたてまつらむ。まめまめしき物は、まさなかりなむ。ゆかしくしたまふなる物をたてまつらむ」とて、源氏の五十余《よ》巻《まき》、櫃《ひつ》に入りながら、在中将《ざいちゆうじやう》、とほぎみ、せり河、しらら、あさうづなどいふ物語ども、一ふくろとり入れて、得てかへる心地のうれしさぞいみじきや。はしるはしるわづかに見つつ、心も得ず心もとなく思ふ源氏を、一の巻よりして、人もまじらず、几帳のうちにうち臥して引き出で

つつ見る心地、后の位も何にかはせむ。（二九八）

「五十余巻」は、写本は「よ巻」であり、「よ」は「四」であったと考えられる。

作者のおばは、受領の妻だと言われている。そうであれば任期は孝標と同じ時期と考えられ、おばが夫の任地へ出発したのは寛仁元年（一〇一七）で、帰京したのは作者と同じころである。

おばが出発の時に『源氏物語』五十四巻が家にあったとすると、五十四巻の成立は前年でなくてはならない。しかし長和五年（一〇一六）に第三部が成立していたことは、ほとんど考えられない。

宇治十帖が書かれていたのは、おばが田舎にいたころであり、宇治十帖の完成後に、はじめて作者によって五十四巻に組み合わされたと考えられる。上京したおばは、作者に与えるために物語を探して、最新流行の『源氏物語』五十四巻を一揃えで櫃に収められた形で入手したと考えられる。治安元年（一〇二一）が、『源氏物語』五十四巻の最古の記録である。

宇治十帖が書かれる以前の『源氏物語』は、紫上系、玉鬘系、第二部、第三部本系巣守六帖の四つが別々に流布していたと考えられる。宇治十帖完成後に、『源氏物語』は五十四巻にまとめられることになり、そこではじめて紫上系と玉鬘系が組み合わされて、その際に紫上系三巻が外に出され、第一部が三十三巻となった。

第一部の後に、「若菜上」から「幻」までの第二部が加えられ、「幻」の後の巣守六帖が『源氏物語』の外に出された。巣守六帖に代わって、「匂宮」など別人の作四巻と宇治十帖が加えられ、五十四巻となったのが現在の『源氏物語』である。

五十四巻の『源氏物語』とともに、「幻」の後に巣守六帖を残した六十巻の『源氏物語』が長く並行して読まれていた。やがて六十巻の『源氏物語』は姿を消し、人々は失われた六帖を「雲隠六帖」と呼んだ。「幻」と「匂宮」の間に「雲隠」の巻があったとされるが、「雲隠六帖」のことであり、巣守六帖のことである。

鎌倉時代に『源氏六十三首歌』という本があり、六十三巻の『源氏物語』があったと伝えられるが、この三巻が何かというと、六十巻の『源氏物語』に、外された紫上系の三巻を加えたものである。鎌倉時代までは、紫上系は全巻伝わっていた。

古来から『源氏物語』として扱われてきたものは、紫上系の物語、玉鬘系の物語、「若菜上」から「幻」、巣守六帖、五十四巻の『源氏物語』、六十巻の『源氏物語』の六つである。それにわずかながら加えるなら、六十三巻の『源氏物語』がある。

耽読

昼は日ぐらし、夜は目のさめたるかぎり、灯《ひ》を近くともして、これを見るよりほかのことなければ、おのづからなどは、そらにおぼえ浮かぶを、いみじきことに思ふに、夢にいと清げなる僧の、黄なる地の袈裟《けさ》着たるが来て、「法華経五の巻をとく習へ」といふと見れど、人にも語らず、習はむとも思ひかけず。物語のことをのみ心にしめて、われはこのごろわろきぞかし、さかりにならば、かたちもかぎりなくよく、髪もいみじく長くなりなむ。光の源氏の夕顔、宇治の大将の浮舟の女君《をんなぎみ》のやうにこそあらめと思ひける心、まづいとはかなくあさまし。（二九八）

十四歳の四月ごろである。入手した『源氏物語』を灯のもとで夜遅くまで読んでいる。おばは「何をかたてまつらむ」と言い、作者は「得てかへる心地のうれしさぞいみじきや」と言うのであるから、作者は五十四巻の物語をもらったのである。十四歳の少女が五十四巻の物語を所有している。おばは京へ帰って短い期間の間に、わりあい簡単に『源氏物語』を入手している。当時の物語流行の勢いが感じられる。五十四巻の『源氏物語』も、六十巻の『源氏物語』も、幅広い層に長く愛読された。世の中には、他にも膨大な散逸物語もあった。このことから考えると、言われているよりも紙は豊富に流通していたのではないかと思う。孝標女も後に大作『夜の寝覚』を書いたと言われる。少なくとも、パトロンがいなくては物語が書けないということはなかったのではないかと考える。

天照御神の夢

物語のことを、昼は日ぐらし思ひつづけ、夜も目のさめたるかぎりは、これをのみ心にかけたるに、夢に見ゆるやう、「このごろ皇太后宮《くわうたいこうぐう》の一品《いつぽん》の宮の御料《ごれう》に、六角堂に遣水《やりみづ》をなむつくる」といふ人あるを、「そはいかに」と問へば、「天照御神《あまてるおほんかみ》を念じませ」といふと見て、人にも語らず、なにとも思はでやみぬる、いといふかひなし。(三〇〇)

作者十四歳の冬か十五歳の春のころのことである。皇太后宮は道長の二女妍子《けんし》、一品の宮は妍子の娘の禎子《ていし》内親王である。禎子内親王と六角堂の遣水と天照御神に特に関係もなく、何のことかよくわからない夢である。この夢自体虚構であり、作り話であるから追及することに意味はない。ただ「天照御神を念じませ」と言われたのに念じなかったということだけが重要なのである。『全評釈』に、次のような指摘がある。

「天照大神を念じませ」の如き夢告があったと記することのみで、当座、充分なのであって、「皇太后宮の一品の宮の御料に、六角堂に遣水をなむつくる」などという部分は、もともと不要なのであった。

一品の宮の桜

春ごとに、この一品の宮をながめやりつつ、

さくと待ち散りぬとなげく春はただわが宿がほに花を見るかな（三〇〇）

孝標邸から、隣の一品の宮邸の桜を、まるで自分の家の桜のように見ていたという歌である。この歌は、一品の宮邸の桜が美しく、春は楽しみにして見ていたという歌である。作者がこの家に住んだのは、寛仁四年（一〇二〇）十二月から、治安三年（一〇二三）四月までで、この家で三度の春を迎えている。

孝標邸は、三条の宮の西にあり、一品の宮邸は修子内親王邸だと考えられる。修子内親王は、寛弘四年（一〇〇七）に一品の宮になっている。

孝標邸の西は、禎子内親王邸で、この桜は禎子内親王邸の桜だとする説もある。だが、このころの禎子内親王は、上東門院に住み、琵琶殿に転居したという記録があり（『全評

釈』）、孝標邸の西に住んでいない。また禎子内親王が一品の宮になったのは、治安三年（一〇二三）のことである。

孝標邸と三条の宮の間は、高倉小路が通り、孝標邸と禎子内親王邸の間は東洞院大路が通っている。大路越しの桜は、よく見えないのではないだろうか。

宿の桜

三月つごもりがた、土忌《つちい》みに人のもとに渡りたるに、桜さかりにおもしろく、今まで散らぬもあり。かへりてまたの日、

あかざりし宿の桜を春くれて散りがたにしも一目みしかな（三〇〇）

春の末のころ、土忌みに知人の家を訪れたところ、その家の桜がすばらしかったので、翌日、その家の主に歌を贈っている。この歌の解釈を、三通り引用する。

①わが家の桜は心残りのまま散ってしまいましたが、その桜に思いがけなくあなたのお宅でそれも春の終りの散る寸前に、ひと目お目にかかったことです。（『新編全集』）

②いくら見ても見飽きなかったわが家の桜は散ってしまいましたが、その桜を、思いがけなくあなたのお宅で、それも春が暮れて散る寸前に、一目拝見したことです。

（『新大系』）

③（どんなに眺めても）見飽きなかったお宅の桜を、春が終わって散りそうになっている（この）折に、一目拝見したことです。（『全評釈』）

「宿」は、①と②は孝標邸、③は相手の家、①の桜は残念な桜で、②と③は見事な桜である。「宿」と「あかざりし」の意味で解釈が分かれている。

「あかず」は、「満足できない」「物足りない」、「飽きることがない」「いつまでも〜したい」の二通りの意味があり、「あかず」単独では前者で用いられることが多く、「あかぬ」「あかざりし」が花や人と結びつくと、ほとんど後者の意味になる。

「あかぬ」「あかざりし」の用例を、『古今集』『拾遺集』『源氏物語』から引用する。

春がすみたなびく山の桜花見れどもあかぬ君にもあるかな　『古今集』　紀友則

あかざりし君がにほひの恋ひしさに梅の花をぞ今朝は折りつる

『拾遺集』　具平親王

年月隔たりぬれど、飽かざりし夕顔をつゆ忘れたまはず、（③八七「玉鬘」）

よろづ世をかけてにほはん花なれば今日をもあかぬ色とこそみれ（⑤四八四「宿木」）

紛るることなくのどけき春の日に、見れども飽かず、そのことぞとおぼゆる隈《くま》なく、愛嬌づき、なつかしくをかしげなり。（⑥一三二「浮舟」）
閨《ねや》のつま近き紅梅の色も香も変らぬを、春や昔のと、こと花よりもこれに心寄せのあるは、飽かざりし匂ひのしみにけるにや。（⑥三五六「手習」）

用例からは、「あかざりし桜」は飽きることのなかった美しい桜だと考えられる。この歌の「を」は格助詞であり、「散ってしまいましたが」という接続助詞のように訳すことはできない。接続助詞ならば、活用する語の連体形に接続するはずである。心情としては、日記の流れを受けて、すぐ前の歌の孝標邸の桜と取りたかったのだが、用例と文法上の問題から検討を加えると、③の解釈に行き着くことになる。知人の家であるから、この春に一回は訪れたであろうし、「土忌みに行って、あなたの家のすばらしい桜をもう一度見ることができました」と言うのは、謝意を伝えるのにふさわしい歌だということができる。

猫

花の咲き散るをりごとに、乳母亡くなりしをりぞかし、とのみあはれなるに、同じをり亡くなりたまひし侍従の大納言の御むすめの手を見つつ、すずろにあはれなるに、五月ばかり、夜ふくるまで物語をよみて起きゐたれば、来つらむ方も見えぬに、猫のいとなごう鳴いたるを、おどろきて見れば、いみじうをかしげなる猫あり。いづくより来つる猫ぞと見るに、姉なる人、「あなかま、人に聞かすな。いとをかしげなる猫なり。飼はむ」とあるに、いみじう人なれつつ、かたはらにうち臥したり。尋ぬる人やあると、これを隠して飼ふに、すべて下衆《げす》のあたりにも寄らず、つと前にのみありて、物もきたなげなるは、ほかざまに顔をむけて食はず。姉おととの中につとまとはれて、をかしがりらうたがるほどに、姉のなやむことあるに、もの騒がしくて、この猫を北面《きたおもて》にのみあらせて呼ばねば、かしがましく鳴きののしれども、なほさるにてこそはと思ひてあるに、わづらふ姉おどろきて、「いづら、猫は。こち率て来」とあるを、「など」と問へば、「夢にこの猫のかたはらに来て、『おのれは侍従の大納言殿の御むすめの、かくなりたるなり。さるべき縁のいささかありて、この中の君のすずろにあはれと思ひ出でたまへば、ただしばしここにあるを、このごろ下衆《げす》の中にありて、いみじうわびしきこと』といひて、いみじう泣くさまは、あてにをかしげなる人と見えて、うちおどろきたれば、この猫の声にてありつるが、いみじくあはれなるなり」と語りたまふを聞くに、いみじくあはれなり。その後はこの猫を北面《きたおもて》にも出ださず思ひかしづく。ただ一人ゐたる所に、この猫がむかひゐたれば、かいなでつつ、「侍従の大納言の姫君のおはするな。大納言殿に知らせたてまつらばや」といひかくれば、顔をうちまもりつつなごう鳴くも、心のなし、目のうちつけに、例の猫にはあらず、聞き知り顔にあはれなり。（三〇一）

五月のころ、作者が夜更けまで物語を読んでいると、どこからともなくかわいい猫がやってくる。姉が「飼おう」と言うので、二人でこれを隠して飼うことにする。猫は、姉と作者の二人の間の秘密になる。

二人で猫をかわいがり、猫もなついていたが、ある時、姉が病気になり、猫を北面の部屋に閉じ込めておいたところ、猫は鳴き騒いでいた。すると姉が作者を呼んで、夢にこの猫が現れて、自分は侍従の大納言の娘であり、この家の中の君が思い出してくれるので、ほんのしばらくの間ここにいるのだと告げたと言う。これを聞いた後は、作者は一人でいる時には、猫に向かって「侍従の大納言の姫君がいらっしゃるのですね」と話しかけると、気のせいか猫も聞き分けたような顔をしていたという。

姉の話は、夢の中の話とは言え、読者には分かりにくい。猫がそばにやってきて、その姿は、いつの間にか「あてにをかしげなる人」になり、その声は、目が覚めたら猫の声と重なっていたという。猫と姫君の境界線は、溶けたように曖昧でぼやけている。物語の中では、猫イコール姫君として描かれている。

この猫が、輪廻転生によって描かれているとして、六道輪廻なので、この猫は悪行によって地獄道に堕ちた姫君の姿であるという説明がされることがある。しかし、作者が姫君が地獄道に堕ちると考えるはずがない。この物語は六道輪廻とは無関係である。

この猫が変化《へんげ》であるという解釈がある。猫が「来つらむ方も見えぬに」と現れるのは、異界からの変化の出現であるとされ、姫君の名乗りの「おのれは」は、物の怪の使う言葉であるとされる。しかし、猫が、どこからともなく現れるのはそう不自然なことではなく、姫君が「おのれは」と名乗りをあげるのは、姫君がこの世のものならぬ存在であることを表すだけではないかと考えられる。

「奥山の猫また」のようなものが、作者の家に来たのであろうか。この物語に、妖怪変化は介在していないと思われる。猫はやさしく鳴き、作者の言葉をじっと聞いて、わかったような顔をするのであるから、この猫は変化ではない。

この猫は、転生の猫と言われることがある。転生が、『浜松中納言物語』の描くような、生まれ変わりによるこの世への再来という意味ならば、この物語は、姫君の、（猫という形でのしばしの）この世への再来の物語である。姫君の魂のこの世へのよみがえりという意味では、転生の猫という呼び方は、作者の描いた物語に非常に近いと言ってよいと考えられる。

この猫を最初から変化の猫と呼んで、猫を変化の出現と限定してしまうのは、作者の描いた物語とは違うと思うのである。

猫は作者の家に飼われていたかもしれない。しかし、作者の家に猫がいてもいなくても、作者は猫の物語を書くことができた。猫の物語は、姉の亡き後、作者によって書かれた虚構であると考えられる。

姉の病気は転生の猫出現のための仕掛けであると考えられる。姉の病気によって、まず猫が閉じ込められ、猫がうるさく鳴き騒ぎ、その声を聞いた姉の夢に、猫が姫君の姿で現れて語りかけ、姉が夢からさめて、そばにいる作者にその夢を話すという特別な設定がされている。

この猫は後に焼死しているが、変化の猫であれば、ここでむざむざ焼死したりせず、正体を現して飛び去っていたはずである。

荻の葉

その十三日の夜、月いみじく隈《くま》なく明きに、みな人も寝たる夜中ばかりに、縁に出でゐて、姉なる人、空をつくづくとながめて、「ただ今ゆくへなく飛びうせなばいかが思ふべき」と問ふに、なまおそろしと思へるけしきを見て、ことごとにいひなして笑ひなどして聞けば、かたはらなる所に、さきおふ車とまりて、「荻《おぎ》の葉、荻の葉」と呼ばすれど答へざなり。呼びわづらひて、笛をいとをかしく吹きすまして、過ぎぬなり。

笛の音《ね》のただ秋風と聞こゆるになど荻の葉のそよとこたへぬ

といひたれば、げにとて、

荻の葉のこたふるまでも吹きよらでただに過ぎぬる笛の音ぞ憂き

かやうに明くるまでながめあかいて、夜明けてぞみな人寝たる。(三〇三)

七月十三日の出来事である。夜、姉と二人で月を見ていると、隣の家に車が止まって、「荻の葉、荻の葉」と呼んでも、荻の葉は答えない。やがて車の主は、笛を吹きながら遠ざかっていった。

貴公子が車に乗って、笛を吹きながら去っていくような情景は、物語には多く描かれていたと思われる。『源氏物語』では、常陸宮邸を訪れた源氏が頭の中将に出会って、二人で車に乗って左大臣邸へ帰る「末摘花」の場面が思い出される。

歌の「そよ」は、風に葉がそよぐ音と、人の言葉のそよ（そうですよ）の掛けことば。「そよ」は、歌に多く読まれている。荻の葉とそよの歌の例を挙げる。

荻の葉にこととふ人もなきものを来る秋ごとにそよとこたふる　『詞花集』　敦輔王

「そよ」と詠む次の歌はよく知られている。

有馬山猪名の笹原風吹けばいでそよ人を忘れやはする　『後拾遺集』　大弐三位

月の夜に姉妹が語りあう場面も物語的である。

家の焼失

そのかへる年、四月の夜中ばかりに火の事ありて、大納言殿の姫君と思ひかしづきし猫もやけぬ。「大納言殿の姫君」と呼びしかば、聞き知り顔に鳴きて歩み来などせしかば、父《てて》なりし人も「めづらかにあはれなることなり。大納言に申さむ」などありしほどに、いみじうあはれにくちをしくおぼゆ。（三〇四）

治安三年四月、三条の宮の西の家は火事で焼失した。猫も焼死した。「ただしばし」

この世にいると言った猫は、こうして日記の中から去る。ここでは、姉と作者の秘密であったはずの猫の物語に孝標が入ってくる。作者が、父に猫の話をしたらきっとこう言うに違いないということが書かれていると考えられるが、父は、作者と姉の二人の世界に入り込んで、二人の世界を共有できる人である。孝標は娘の話をそのまま受け入れるような、やさしい人だったに違いない。

姉の死

その五月のついたちに、姉なる人、子生みて亡くなりぬ。よそのことだに、幼くよりいみじくあはれと思ひわたるに、ましていはむかたなく、あはれ悲しと思ひ嘆かる。母などは皆亡くなりたる方にあるに、形見にとまりたる幼き人々を左右に臥せたるに、あれたる板屋のひまより月のもり来て、児《ちご》の顔にあたりたるが、いとゆゆしくおぼゆれば、袖をうちおほひて、いま一人をもかき寄せて、思ふぞいみじきや。

（三〇五）

作者十七歳の五月一日、姉が二人の子を残して世を去る。作者が二人の子を左右に寝かせていると、月の光が破れた板屋根の隙間から、不吉なほどに漏れてくる。前年の火事の後、一家は転居している。新しい家は狭くて庭に木々も茂っていないと書かれているが、都の中の孝標邸が、屋根から月の光が漏れてくるような家であるとは考えられない。この場面も「夕顔」の巻によって書かれていると考えられる。

かばねたづぬる宮

そのほど過ぎて、親族《しぞく》なる人のもとより、「昔の人の、かならずもとめておこせよ、とありしかばもとめしに、そのをりはえ見出でずなりにしを、今しも人のおこせたるが、あはれに悲しきこと」とて、かばねたづぬる宮といふ物語をおこせたり。まことにぞあはれなるや。かへりごとに、

うづもれぬかばねを何にたづねけむ苔の下には身こそなりけれ（三〇五）

姉の四十九日の法事などが終わったころ。姉が親族に頼んでいた『かばねたづぬる宮』という物語を、親族の人が探し出して届けてくれた。

『かばねたづぬる宮』は散逸物語であるが、『風葉集』の歌によって、およその内容を知ることができる。主人公の三の宮は、愛していた女が池に入水して死んでしまったので、かばねを探し求め、出家して彼女のために仏道修行に励むという物語である。一説

には、女は入水したが、実際は死んでいなかったとも言われる。

追悼の歌

乳母なりし人、「今は何につけてか」など、泣く泣くもとありける所に帰りわたるに、「ふるさとにかくこそ人は帰りけれあはれいかなる別れなりけむ 昔の形見には、いかでとなむ思ふ」など書きて、「硯の水の凍れば、みなとぢられてとどめつ」といひたるに、

かき流すあとはつららにとぢてけりなにを忘れぬかたみとか見む

といひやりたる返事《かへりごと》に、

なぐさむるかたもなぎさの浜千鳥なにかうき世にあともとどめむ（三〇六）

五月に姉が亡くなって、その年の冬に、姉の乳母が作者と別れの歌を交わして、実家に去っていく。

乳母は「今は何につけてか」（今はもうどうして、ご主人の亡くなったこの家にお仕えできましょうか）と言い、作者は「昔の形見には、いかでとなむ思ふ」（亡き人の形見に、なんとかこのまま家に残ってほしい）と言って、「なにを忘れぬかたみとか見む」（あなたがいなくなったら、

何を形見に、姉を偲んだらよいのでしょう）と歌を詠んでいる。それに対して、乳母は「なぐさむる」（心を慰めることもできない私は、つらい思い出の残るこの家にどうしてとどまることができましょうか）という歌を返している。

この歌は、日記では乳母の歌だが、『玉葉集』に孝標女の歌として入っている。乳母とのやりとりの場面は、作者が代作していることも考えられる。

この乳母、墓所《はかどころ》見て、泣く泣くかへりたりし。

昇りけむ野辺は煙もなかりけむいづこをはかとたづねてか見し

これを聞きて継母なりし人、

そこはかと知りてゆかねど先に立つ涙ぞ道のしるべなりける

かばねたづぬる宮おこせたりし人、

住みなれぬ野辺の笹原あとはかもなくなくいかにたづねわびけむ

これを見て、せうとは、その夜おくりに行きたりしかば、

見しままにもえし煙はつきにしをいかがたづねし野辺の笹原（三〇七）

乳母は姉の墓所に参って帰っていった。そのことを詠んだ作者の歌を聞いて、継母、親族、兄が歌を詠んでいる。

乳母が家を去った直後に、たまたま孝標邸で人々の集まりがあって、四人で同じような歌を詠んだのだろうか。姉を偲ぶための会が持たれたのなら、もっと姉を詠む歌が、それぞれにあってもよいと思うのだが。この集いには、父と母の姿がない。姉の夫も姿を見せていない。集いの場所が孝標邸であるなら、継母は孝標邸に来たのだろうか。継母と母は、同席するのだろうか。

私は、はじめ乳母の歌は代作だと考えたが、いろいろ考えると不自然なことが多く、七首の歌すべてが作者の歌だと思うに至った。孝標邸の集いはなかったと考えられる。

東山

四月つごもりかた、さるべきゆゑありて、東山なる所へうつろふ。道のほど、田の、苗代《なはしろ》水まかせたるも、植ゑたるも、なにとなく青みをかしう見えわたりたる。山のかげ暗う前近う見えて、心ぼそくあはれなる夕暮、水鶏《くひな》いみじく鳴く。

たたくともたれかくひなの暮れぬるに山路を深くたづねてはこむ（三〇八）

その年の四月末から九月まで、約五か月の間、作者は東山に住んでいる。東山に住んだ理由を「さるべきゆゑありて」としか書いていないが、何らかの事情があったことを隠していると思われる。

東山に移ったのは四月の末で、田が青々としていて、到着した夕暮れのころには、水鶏が寂しげに鳴いていた。「たたくとも」の歌は、「いくら水鶏がたたくように鳴いても、こんな夕暮れの山路を訪ねてくる人はいない」と、人の訪れがないことを歌っている。

東山から霊山《りようせん》にある人と参詣して、山の井に立ち寄って、歌を詠んでいる。この時に同行しているのは、作者のこのころの恋愛相手ではないかと言われている。この人は亡き姉の夫とも言われる。

作者は、日記の中に二つの恋物語を書いたのではないだろうか。一つは十代の東山のころの恋、一つは後半の源資通《すけみち》との恋である。東山のことは何も詳しく語らないが、資通との恋も、ほとんど互いに名前も知らなかったようにぼかして書かれている。東山の山の井に行った相手は女性であるという説があるが、たとえ相手が東山に遊びに来た女友達だったとしても、このころの作者に何らかの恋愛関係の問題があったことを否定することにはならないのではないだろうか。

念仏する僧の暁にぬかづく音のたふとく聞こゆれば、戸をおしあけたれば、ほのぼのと明けゆく山ぎは、こぐらき梢ども霧りわたりて、花紅葉の盛りよりも、なにと

なく茂りわたれる空のけしき、曇らはしくをかしきに、ほととぎすさへ、いと近き
梢にあまたたび鳴いたり。
たれに見せたれに聞かせむ山里のこのあかつきもをちかへる音《ね》も（三一〇）
東山の住まいは、暁には僧の読経の声が聞こえる所であった。東山には一家で転居し
たとも言われるが、「もろともにある人」と歌のやりとりをしている箇所があるので、少
人数での仮寓であったと考えられる。
知りたる人の近きほどに来て帰りぬと聞くに、
まだ人め知らぬ山辺の松風も音して帰るものとこそ聞け
知人が近くまで来たのに、訪れずに帰ったと聞いて歌を詠んでいる。
八月になりて、二十余日の暁がたの月、いみじくあはれに、山の方はこぐらく、滝
の音も似るものなくのみながめられて、
思ひ知る人に見せばや山里の秋の夜ふかき有明の月
京に帰り出づるに、渡りし時は、水ばかり見えし田どもも、みな刈りはててけり。
苗代の水かげばかり見えし田のかりはつるまで長居しにけり（三一一）
八月二十日過ぎの月の歌があり、京に帰ったのは九月だと考えられる。四月とはすっ

かり変わった田の様子が描かれている。「長居しにけり」という言い方からは、思いがけない事情で数か月を東山で過ごすことになったということが感じられる。

十月に再び東山を訪れている。

そこなる尼に、「春まで命あらばかならず来む。花ざかりはまづつげよ」などいひて帰りにしを、年かへりて三月十余日になるまで音もせねば、

契りおきし花のさかりをつげぬかな春やまだ来ぬ花やにほはぬ（三一二）

作者は東山の尼に、春になったのに便りをくれないと歌を詠んでいる。継母の時と同じように、春になったら会う約束をしていたのにと言っている。

三　父の任官

物語への憧れ

かやうにそこはかなきことを思ひつづくるを役にて、物詣でをわづかにしても、はかばかしく、人のやうならむとも念ぜられず。このごろの世の人は十七八よりこそ経よみ、おこなひもすれ、さること思ひかけられず。からうじて思ひよることは、「いみじくやむごとなく、かたち有様、物語にある光源氏などのやうにおはせむ人を、年に一たびにても通はしたてまつりて、浮舟の女君のやうに、山里にかくし据ゑられて、花、紅葉、月、雪をながめて、いと心ぼそげにて、めでたからむ御文などを、時々待ち見などこそせめ」とばかり思ひつづけ、あらましごとにもおぼえけり。（三一三）

日記に二十歳から二十四歳の五年間の出来事は書かれていないが、右に引用したように、引き続き物語への憧れの中に生きている。

光源氏のような人に巡り合って、浮舟のように、山里に隠し据えられて、年に一度でも会って、時々手紙をもらうだけでいいと思っている。山里で花、紅葉、月、雪を眺めて暮らすような、風雅で寂しい暮らしが作者の夢だった。

これは、物語の中に埋没して、物語のヒロインと一体となる至福の世界の中から、自然に作者の心の中に形をなしてきた純粋な憧れであり、冒頭で求めた物語への夢が、『源氏物語』耽読を経てこのような憧れとして結実している。

父の嘆き

親となりなば、いみじうやむごとなくわが身もなりなむなど、ただゆくへなきことをうち思ひすぐすに、親からうじて、はるかに遠きあづまになりて、「年ごろは、いつしか思ふやうに近き所になりたらば、まづ胸あくばかりかしづきたてて、率て下りて、海山のけしきも見せ、それをばさるものにて、わが身よりもたかうもてなしかしづきてみむとこそ思ひつれ。われも人も宿世《すくせ》のつたなかりければ、ありありてかくはるかなる国になりにたり。(三一四)

長元五年、作者二十五歳の年に父孝標は常陸介に任官した。待ち望んだ任官だったが、京に近い国ではなく、東国の果ての常陸の国の国司であり、六十歳になって遠い常陸へ行くことになった孝標の嘆きは尽きなかった。

本文は、「親」と「なりなば」の間に空白があり、原文は不明である。引用した部分には、作者の地の文と父の言葉が対応し、それぞれが希望と現実を語っていて、四つの部分が対応する形になっている。作者の言葉と父の言葉は次のように対応している。

親が、……になったら、——と思ったのに、はるかに遠いあづまになった。

思うように近い所になったら、——と思ったのに、こんなはるかな国になった。

欠落した語句は、孝標が希望の通りに京に近い国の国司になったらと言っているので、孝標の言葉のままに、原文は「親、近き所になりなば」または「親、近き国になりなば」であったと推定される。「なりなば」は、「……になったなら」で、「……」に入る言葉は、「近き所」か「近き国」のどちらかである。

孝標の繰り言は尽きない。

「……今はまいておとなになりにたるを、率て下りて、わが命も知らず、京のうちにてさすらへむは例のこと、あづまの国、田舎人《いなかびと》になりてまどはむ、いみじかるべし。京とても、たのもしう迎へとりてむと思ふ類《るい》、親族《しぞく》もなし。さりとて、わづかになりたる国を辞し申すべきにもあらねば、京にとどめて、永き別れにてやみぬべきなり。京にも、さるべきさまにもてなして、とどめむとは思ひよることにもあらず」と、夜昼嘆かるるを聞く心地、花紅葉の思ひもみな忘れて悲しく、いみじく思ひ嘆かるれど、いかがはせむ。(三二五)

孝標は、かつて上総へ行った時も、大勢の家族を連れてつらい思いをしたが、今連れていったら、自分の命の保証もなく、田舎でさまよわせることになるだろうが、安心して預けられる人もいない、だからといって、任官した国を辞退するわけにはいかない……と、延々と夜も昼も嘆き続ける。それを聞いた作者が、花紅葉の思いをみな忘れるほど悲しかったと言う。

孝標は、上総から帰京してから十一年間無職であり、上総でも言いたいことも言えなかったと回顧していることなどから、官吏として有能だとは認められていなかったようである。人物評としては、大方の一致した見方として、凡庸であるとされている。その他、消極的、無気力、好人物などの評が散見される。最近では、ただの凡庸ではなかったと再評価する向きもある。とにかく、自分の心情をこれほど切々と娘に語る父というのは稀であると言ってよいと思う。

孝標女は、父の言葉を全面的に受け止めて、一語一語、思いを込めて、悲しく懐かしく思いながら書き留めていると思われる。

てて（父）

『更級日記』に「父」は四回書かれ、原文はいずれも「ちち」ではなく「てて」である。

父《てて》なりし人も「めづらかにあはれなることなり。大納言に申さむ」など（三〇四）

父《てて》はただ、われをおとなにし据ゑて、（三二四）

父《てて》の老いおとろへて、（三二六）

父母《てて》、炭櫃《すびつ》に火などおこして待ちゐたりけり。（三二六）

父より「てて」の方が、親愛の度が強いとされ、「てて」は一種の幼児語であるとされる。「てて」が幼児語であることを示す一例を『栄花物語』巻一から挙げる。

高光少将と聞えつるは、（略）その暁に出でたまひて、法師になりたまひにけり。帝もいみじうあはれがらせたまふ、世の人もいみじく惜しみきこえさす。多武峰といふ所に籠りて、いみじく行ひておはしけるに、三つ四つばかりの女君のいとうつくしきぞおはしける、それをぞなほ思し捨てざりける。多武峰まで恋しさは続きのぼりければ、母君の御もとに、それによりてぞ音づれきこえたまひける。かの児君も、屏風の絵の男を見ては、父《てて》とてぞ恋ひきこえたまひける。これは物語に作りて、世にあるやうにぞきこゆる。あはれなることには、この御ことをぞ世にはいふ。

少将高光は、出家して多武峰に登っても、三、四歳の娘が忘れられずに、妻に手紙を書いていた。娘も屏風の絵を見ては父を恋しがっていた。このことは物語になって人々に読まれているという。

孝標が、任国常陸で子しのびの森を訪れた歌に、作者は、次の返歌を送っている。

子しのびを聞くにつけてもとどめ置きしちちぶの山のつらきあづま路

歌は「ちち」と「秩父」を掛けている。つまり作者は「父」と「てて」を使い分けている。執筆時の、おそらく五十三歳と思われる作者は、幼いころのままに父を慕う思いを込めて「てて」と呼んでいると考えられ、ここに孝標追悼の記という、この日記の一面が浮かび上がってくると考えられる。

古代の人

かうて、つれづれとながむるに、などか物詣でもせざりけむ。母いみじかりし古代の人にて、「初瀬には、あなおそろし。奈良坂にて人にとられなばいかがせむ。石山、関山越えていとおそろし。鞍馬はさる山、率て出でむいとおそろしや。親上りて、ともかくも」と、さしはなちたる人のやうにわづらはしがりて、わづかに清水に率てこもりたり。(三一九)

母は「いみじかりし古代の人」であると言う。つまり、古風な人、消極的な人であり、母は、「長谷寺へ行くのは、奈良坂を越えていくので怖ろしい、石山寺へ行くのは、逢坂山を越えていくので怖ろしい、鞍馬山は険しい山なので連れていけない」と、どこにも連れていってくれなかった。

「さしはなちたる人」は、「見捨てた人」で、母は作者を見捨てた人のように、物詣でに連れていくのを厄介がって、連れていってくれなかったと言う。

これまでの日記に、母はあまり触れられることのなかった人である。なぜここで急に母について語るのかと言えば、この後の清水寺と長谷寺の話に母が必要だからである。構想の展開の必要上、書きたくはないけれど書くので、母への愛などの感情は当然含まれていない。

書かれているのは、「消極的だった」、「どこにも連れていってくれなかった」、「自分を見捨てている人のようだった」とすべて否定的なことばかりである。作者と母の実際の関係を反映しているかもしれないと考えられる。

母の言葉として長谷寺、石山寺、鞍馬山の三つの寺が書かれている。長谷寺は、次の鏡の影の構想に必要なのであるが、三つの寺は、すべて後年作者が物詣でで訪れた場所であり、執筆時に作者は自分が訪れた場所を列挙して、母が連れていってくれなかったとしたと思われる。母は遠出はしない人であったと思われるが、実際にはこの通りの言葉は言っていないだろうと考えられる。

清水寺

それにも例のくせは、まことしかべいことも思ひ申されず。彼岸のほどにて、いみじう騒がしうおそろしきまでおぼえて、うちまどろみ入りたるに、御帳のかたの犬防ぎのうちに、青き織物の衣を着て、錦を頭にもかづき、足にもはいたる僧の、別当《べっ》とおぼしきが寄り来て、「行くさきのあはれならむも知らず、さもよしなし事をのみ」と、うちむつかりて、御帳のうちに入りぬと見ても、うちおどろきても、かくなむ見えつるとも語らず、心にも思ひとどめでまかでぬ。（三一九）

清水寺の虚構の場面に入る。僧の訓戒の夢の二回目である。前回は「黄なる地の袈裟」を着た僧の夢だったが、今回は「青き織物の衣」を着た僧の夢である。前回は法華経五の巻を読むように言われたが、今回は将来の不幸への警告を受けている。夢を見ても気にも留めなかったというのも同じパターンである。

鏡の影

母、一尺の鏡を鋳させて、え率て参らぬかはりにとて、僧を出だし立てて初瀬に詣でさすめり。「三日さぶらひて、この人のあべからむさま、夢に見せたまへ」などいひて、詣でさするなめり。そのほどは精進せさす。この僧帰りて、「夢をだに見で、まかでなむが、本意《ほい》なきこと。いかが帰りても申すべきと、いみじうぬかづきおこなひて、寝たりしかば、御帳の方より、いみじうけだかう清げにおはする女の、うるはしくさうぞきたまへるが、奉りし鏡をひきさげて、『この鏡には、文や添ひたりし』と問ひたまへば、かしこまりて、『文もさぶらはざりき。この鏡をなむ奉れとはべりし』と答へたてまつれば、『あやしかりけることかな。文添ふべきものを』とて、『この鏡を、こなたにうつれる影を見よ。これ見ればあはれに悲しきぞ』とて、さめざめと泣きたまふを見れば、臥しまろび泣き嘆きたる影うつれり。『この影を見れば、いみじう悲しな。これ見よ』とて、いまかたつ方にうつれる影を見せたまへば、御簾《みす》ども青やかに、几帳おし出でたる下より、いろいろの衣《きぬ》こぼれ出で、梅桜咲きたるに、鶯、木《こ》づたひ鳴きたるを見せて、『これを見るはうれしな』とのたまふとなむ見えし」と語るなり。いかに見えけるぞとだに耳もとどめず。（三二〇）

母に始まる二つ目の虚構である。母が一尺の鏡を鋳させたことから虚構は始まっている。母は自分が作者を連れていけないので、僧を代参させ、僧に鏡を持たせて、作者の将来を夢で見てくるように頼む。

当時の物詣での方法として、人が代参して、来なかった人の将来を知ることができたのだろうか。また、鏡を持っていけば、鏡に将来の絵が映しだされるということが、実際にあったのだろうか。かなり無理な設定になっていると思われる。実際には、代参の僧もいなかったし、僧が無理やり見たという夢も、作者が語っているものだと考えられる。

僧が見た夢として、気高く美しい女が鏡を持って現れて、鏡の面の、片方に悲しい影が映り、片方に明るく華やかな影が映っていると言う。二つの影は、上下に見えるのか、左右に見えるのか想像しにくい。明るい影は、場所は宮中で、宮中での栄華、栄達を意味していると後に書かれている。

神仏に将来のお告げを願って、正反対のものを出されて、どっちだと思うと言われるようなことは、実際に起こり得るのだろうか。読者は何かおかしいと思いながらも、つい引き込まれて、どっちだろうと考えてしまうのではないだろうか。

この二つのお告げのどちらが当たるのか、いつわかるかというと、お告げが書かれているのは、作者が二十六歳から二十九歳のころで、結果がわかるのは、五十一歳の述懐においてである。この後二十年以上、時々明るいお告げがかないそうに思わせたり、忠告を無視してはらはらさせたりする。

作者の将来に関するお告げについては、日記に何度もほぼ似たパターンで繰り返されるので、読者はそれが一連のものだと気がつくし、述懐で一挙に解答に至るので、このために敷かれた伏線だったことは述懐によってわかるのである。

人が語る天照御神

ものはかなき心にも、つねに、「天照御神《あまてるおほんかみ》を念じ申せ」といふ人あり。いづこにおはします神、仏にかはなど、さはいへど、やうやう思ひわかれて、人に問へば、「神におはします。伊勢におはします。紀伊《き》の国に、紀の国造《こくざう》と申すはこの御神なり。さては内侍所《ないしどころ》にすくう神となむおはします」といふ。伊勢の国までは思ひかくべきにもあらざなり。内侍所にも、いかでかは参り拝みたてまつらむ。空の光を念じ申すべきにこそはなど、浮きておぼゆ。（三二一）

作者の周囲には、常に「天照大神を念じ申せ」と言う人がいる。作者は興味も関心もなく、「どこにいる神、仏ですか」などと基本的なことを人に聞く。人が天照大神について、いろいろ教えてくれる。夢の中で自分が知らないことを聞くわけにもいかないので、このことは夢としては書けない。晩年の述懐の伏線は多くは夢であるが、このように夢にできないものもある。

人の話を聞いても「浮きておぼゆ」と、浮ついた気持ちでしか受け止めていないことは、夢の場合と同じである。

天照御神の構想は、鏡の影の構想と同時のもので、表裏一体のものである。鏡の影の明るい影は、宮中の栄達の絵であって、宮中の祭神である天照御神の加護があれば、実現できるものだと考えられる。そこで、明るい影がかなうと思わせるように、時々日記に現れるのである。

父の帰京

あづまに下りし親、からうじてのぼりて、西山なる所におちつきたれば、そこにみな渡りて見るに、いみじううれしきに、月の明き夜一夜《ひとよ》、物語などして、

かかるよもありけるものをかぎりとて君にわかれし秋はいかにぞ

といひたれば、いみじく泣きて、

思ふことかなはずなぞといとひこし命のほども今ぞうれしき

これぞ別れの門出と、いひ知らせしほどの悲しさよりは、平らかに待ちつけたるうれしさもかぎりなけれど、「人の上にても見しに、老いおとろへて世に出で交らひしは、をこがましく見えしかば、われはかくて閉ぢこもりぬべきぞ」とのみ、のこりなげに世を思ひいふめるに、心ぼそさ耐へず。(三二二)

常陸から孝標が帰京する。孝標は京の家には帰らずに、西山に住む。家族がそこに移り住んで、秋から十月までのわずかな期間西山に住んだ。なぜ短期間西山に住んだのかは書かれていない。

再会の喜びはあったが、孝標は老いて意欲もなくなり、「今まで人の身の上として見てきたが、老い衰えて世間に出て官職につくのは愚かしいと思っていたので、もう引退するつもりだ」とすっかり世の中のことを諦めたように言うので、作者は心細く思う。

西山

月の明き夜などは、いとおもしろきを、ながめ明かし暮らすに、知りたりし人、里遠くなりて音もせず。たよりにつけて、「なにごとかあらむ」とつたふる人におどろきて、

思ひ出でて人こそとはね山里のまがきの荻に秋風は吹く

といひにやる。十月になりて京にうつろふ。(三二三)

西山の家は眺望がよく、作者は西山の秋の風情を楽しんでいる。「知りたりし人」が「なにごとかあらむ」(お変わりありませんか)と声をかけてくれたのではあるが、訪れてくれない相手に対して、「私のことを思い出して訪ねてくれるのは秋風だけです」という歌を返している。知人の便りを、「何かあったのですか」とする説があるが、作者の返事はそれに対する答えにはなっていない。

四　宮仕え

出仕のすすめ

母、尼になりて、同じ家の内なれど、方《かた》ことに住みはなれてあり。父《てて》はただ、われをおとなにし据ゑて、われは世にも出で交らはず、かげにかくれたらむやうにてゐたるを見るも、頼もしげなく心ぼそくおぼゆるに、きこしめすゆかりある所に、「なにとなくつれづれに心ぼそくてあらむよりは」と召すを、古代の親は、宮仕人《みやづかへびと》はいと憂きことなりと思ひて過ぐさするを、「今の世の人は、さのみこそは出でたて。さてもおのづからよきためしもあり。さてもこころみよ」といふ人々ありて、しぶしぶに、出だしたてらる。(三二四)

西山から京に移って、母は出家し、同じ邸内に離れて住むようになった。父は作者を一家の中心に据えて、自分は世間と交わろうとせず、作者の陰に隠れるように暮らしているのを見て、頼りなく、心細く思っていると、作者のことをお聞きになったゆかりのある所から、「なんとなく何もしないで暮らしているよりは」と宮仕えを勧められた。親は出仕に反対したが、周囲に勧める人々がいて、作者は、宮仕えに出ることになった。当時宮仕えはつらい仕事だからと避ける人が多かったが、『枕草子』のように宮仕えを勧めるものもあり、作者の周辺の人々にも積極的な意見の人が多かった。作者が仕えたのは、後朱雀天皇第三皇女祐子内親王だった。

初出仕

まづ一夜参る。菊の濃くうすき八つばかりに、濃き掻練《かいねり》を上に着たり。さこそ物語にのみ心を入れて、それを見るよりほかに、行き通ふ類、親族などだにことになく、古代の親どものかげばかりにて、月をも花をも見るよりほかのことはなきならひに、立ち出づるほどの心地、あれかにもあらず、うつつともおぼえで、暁にはまかでぬ。

里びたる心地には、なかなか、定まりたらむ里住みよりは、をかしきことをも見聞きて、心もなぐさみやせむと思ふをりをりありしを、いとはしたなく悲しかるべきことにこそあべかめれと思へど、いかがせむ。(三二五)

正式な衣装を身につけて初出仕する。菊襲《きくがさね》の濃淡のある衣八枚を重ねて着た上に、濃い紅の練り絹の表着をまとった。これまでは、物語ばかり読みふけり、行き来する知人、親族もなく、古風な親の陰で、月や花を見る以外のこともなく過ごしてきたのに、宮仕えに出た時の心情は、茫然自失して、現実のことも思えず、暁になってすぐに退出してしまった。新しい世界へ一歩を踏み出した作者は、予想外の宮仕えの現実の厳しさに直面している。長暦三年、作者三十二歳の冬のことである。

師走

師走になりて、また参る。局してこのたびは日ごろさぶらふ。上には時々、夜々も上りて、知らぬ人の中にうち臥して、つゆまどろまれず、恥づかしうもののつつましきままに、忍びてうち泣かれつつ、暁には夜深く下りて、日ぐらし父《てて》の老いおとろへて、われをことしも頼もしからむかげのやうに、思ひ頼みむかひゐたるに、恋しくおぼつかなくのみおぼゆ。母亡くなりにし姪どもも、生まれしよりひとつにて、夜は左右に臥し起きするも、あはれに思ひ出でられなどして、心もそらにながめ暮らさる。(三二五)

十二月に再び出仕すると、局が用意されていて、今回は数日仕える。宮の御前には、時々夜も仕えて、知らない人の中で横になって、少しも眠れず、恥ずかしく、気が引けて、忍び音に泣いて、夜明けには暗いうちから局に下りて、父が老い衰えて、私を頼もしい庇護者のように頼りにしていたのが、一日中、恋しく、気がかりでならない。二人の姪が、生まれた時から、左右に寝起きしていたのも思い出される。

里下がり

十日ばかりありて、まかでたれば、父母《てて》、炭櫃《すびつ》に火などおこして待ちゐたりけり。車より下りたるをうち見て、「おはする時こそ人目も見え、さぶらひなどもありけれ、この日ごろは人声もせず、前に人影も見えず、いと心ぼそくわびしかりつる。かうてのみも、まろが身をば、いかがせむとかする」とうち泣くを見るもいと悲し。つとめても、「今日はかくておはすれば、内外《うちと》人多く、こよなくにぎははしくもなりたるかな」とうちいひて向ひゐたるも、いとあはれに、なにのにほひのあるにかと涙ぐましう聞こゆ。(三二六)

十日ほど出仕して家に帰ると、父母が炭櫃に火をおこして待っていた。車から降りるとすぐに、父が、作者がいないと人気もなく、家の中がどんなに寂しいかを訴えてくる。翌日も、今日は作者がいるのでにぎやかでいいと言う。

父は、以前と変わらずに、いろいろ心情を語りかけている。父母は一緒に迎えたはずなのに、母の言葉は二日とも、ひと言も記されていない。母はあまり話さない人だったのか、作者が母の言葉は書かなかったのだろうか。

宮の御仏名

十二月二十五日、宮の御仏名《ごぶつみやう》に、召しあればその夜ばかりと思ひて参りぬ。白き衣《きぬ》どもに、濃き掻練《かいねり》をみな着て、四十余人ばかり出でゐたり。しるべしいでし人のかげにかくれて、あるが中にうちほのめいて、暁にはまかづ。雪うち散りつつ、いみじくはげしく、さえ凍る暁がたの月の、ほのかに濃き掻練の袖にうつれるも、げに濡るる顔なり。道すがら、

年はくれ夜はあけがたの月かげの袖にうつれるほどぞはかなき（三二八）

十二月二十五日、宮の御仏名に呼ばれ、その夜だけのことだと思って出仕した。白い衣装を着て、四十人ほどの女房の一人として、ほんの少し参加して、暁には退出した。

帰路の雪と月の描写があり、作者の歌によって結ばれている。

『全評釈』では、『春記』の資料によって、この年の十二月に降雪の日はなかったとされ、御仏名と雪は、伝統的な表現の型としての構図であり、御仏名と月も定型としての構図であるとされる。

このことから、この箇所の暁の退出までは作者の実体験によるもので、帰路の雪の描写と月の歌は、執筆時の作者の創作によるものではないかと考えられる。

結婚

かうたち出でぬとならば、さても宮仕への方にもたち馴れ、世にまぎれたるも、ねぢけがましきおぼえもなきほどは、おのづから人のやうにもおぼしもてなさせたまふやうもあらまし。親たちも、いと心得ず、ほどもなくこめ据ゑつ。さりとて、その有様の、たちまちにきらきらしき勢ひなどあんべいやうもなく、いとよしなかりけるすずろ心にても、ことのほかに違《たが》ひぬる有様なりかし。（三二八）

宮仕えに出た作者は、このまま宮仕えに慣れて励めば、人並みに取り立てていただくこともあるだろうと期待していた。

だが、両親も納得していなかったのだが、出仕後ほどなく、夫が通ってくるようになって、私を家に閉じ込めた。作者は、次のように思う。

結婚したからといって、私の生活がたちまち格別な勢いのあるものになるはずもなく、物語の世界を夢見ていた私の思いは、たわいないちょっとした思いであったにしても、現実は思いがけないほど、私の思いとは違う有様だった。

作者の将来は突然閉ざされてしまった。宮仕えで認められようと思ったことも、物語によって抱いた夢もかなえられないことになった。

この箇所で、作者が結婚に対して抱いていたイメージが「きらきらしき勢い」であったことがわかる。「きらきらしき勢い」とは何であろうか。この箇所の現代語訳を三例あげてみる。

たちまちはでなはぶりになどなるはずのものでもなく（『新編全集』）

急にきらびやかな羽ぶりになりなどするわけもなく（『新大系』）

その境遇がたちまち華やかに羽振りが良くなるはずもなく（『全注釈』）

作者の夢は、物語のような高貴な人との出会いにあり、ここではその結果としての経済的な豊かさだけを指す解釈がされている。

「きらきらし」の語源は、「きらきらしている」、「光輝くさま」で、光源氏を連想させるものである。作者にとって、結婚とは光源氏のようなすばらしい人に愛されることであり、「勢い」とは、そのような状態における充実感など、精神的ものをも意味するのではないだろうか。「きらきらしき勢い」について、『全評釈』には「結婚によってもたらされる勢いであって、夫との情愛を礎とした妻たる自己の充実した躍動を内実とする」という説明があり、次の現代語訳がある。

その境遇が、忽ち光り輝くものになるといった勢いなどは生じる筈もなくとにかく作者の結婚相手は、「きらきらしき勢い」のない人だった。

「親たちも、いと心得ず」の「も」は、作者も「心得ず」であり、父母も「心得ず」であったのだと考えられる。

このころの孝標には、娘の結婚を人と交渉したり進行させたりする行動力も気力もないと考えられる。西山では、世間との交わりを絶って引退すると言い、娘を一家の柱として娘の陰に隠れるように暮らし、娘の里下がりには、心細いことばかり言っている。

作者は夫のことを書かないようにしているので、ここでも「こめ据ゑつ」の主語は省略されたと考えられる。あるいはまだ「児どもの親なる人」のような適当な呼び方がなかったためであろうか。

水の田芹

幾ちたび水の田芹《たぜり》をつみしかは思ひしことのつゆもかなはぬ
とばかりひとりごたれてやみぬ。(三二九)

結婚後の思いを詠んだのが、水の田芹の歌である。白洲正子氏は、『西行』において、次のように水の田芹の話を紹介している。

芹については一つの哀れな物語がある。昔、後宮で庭の掃除をしていた男が、にわかに風が吹きあげた御簾のうちで、后が芹を召し上っているのを垣間見て、ひそかに思いを寄せるようになった。何とかして今一度お顔が見たいと思うが、卑賤《ひせん》の身ではどうすることもできない、もしや気がつかれる折もあろうかと、毎日芹を摘んで御簾のかたわらに置いていた。長年そのようにして日数をかさねたが、更にしるしがないので、男は恋患《わずら》いになって死んでしまった。

芹を摘む男の話は、昔話であり、作者の時代には、「芹を摘む」は「むだな苦労をする」という意味で使われていた。当時の人は、何か思いがかなわなかった時に、この話を思い出して、田芹を摘んだ人のようだと、自分自身について思った。
白洲正子氏は、西行の次の歌を紹介している。

なにとなく芹と聞くこそあはれなれ摘みけん人の心知られて

作者の歌の「摘みしかは」の訳には、次の三つの説がある。
①句切れなし。「つみしかば」とする。「ば」は順接の接続助詞。訳「摘んだので」
②三句切れ。「か」を疑問の助詞、「は」を詠嘆の助詞とする。訳「どんなに田芹を摘んだだろうか」
③三句切れ。「かは」を反語とする。訳「摘んだだろうか、いや摘まなかった」
三つの解釈のうち、②と③は同じ三句切れで意味が正反対になる。まず②と③について検討する。物語を読んだ作者は、貴人に会って山里に隠し据えられたいという、ささやかな願いを持った。作者はその実現のために、特別な努力をしたわけではないので、「何千回も田芹を摘んだのに」とする②は成り立たない。当時すでに「水の田芹を摘む」は、むだな苦労をすることを意味するのであるから、むだな苦労をしたことを強調すること自体が用法としておかしい。水の田芹は昔話なので、自分が水の田芹を摘むことはない。当時の用例では、思いがかなわなかった時に、「昔水の田芹を摘んだ人の心情が

今わかった」と言っている。

作者の田芹の歌を詠んだ心境を、前著では次のように記した。

私の物語へ寄せる思いは、たわいもないちょっとしたもので、水の田芹を摘んだ人のようなたいそうなものではなかったのですが、何一つかなうことはありませんでした。

これは、歌の正確な訳ではなかったので、もう一度訳を試みる。

「つゆもかなはぬ」の「ぬ」は、打ち消しの連体形である。なぜ連体形になるかと言うと、「幾ちたび」という疑問の語があることによる。この歌は、「幾ちたび」で始まり、「かなはぬ」で結ばれる全体で一文の疑問文であり、三句切れの歌ではない。作者は思いが何一つかなわなかったので、それでは自分は何千回も水の田芹を摘んだというのだろうか、と思っているのである。歌意は次のようになる。

何千回も水の田芹を摘んだので、私の思いは何一つかなわないというのだろうか。

疑問の形ではあるが、疑問の答えとして、当然「私は水の田芹は摘んでいないのに」という思いがある。水の田芹の歌は、作者の思いがかなわなかったという嘆きの歌であるが、こんな運命であったことへの不服があり、こんな運命になるように芹を摘んだおぼえはないという自分の正当性の主張がある。

吉岡曠氏は、水の田芹の歌を次のように訳している（対訳日本古典新書）。

人のためにどんなにいっしょうけんめい尽くしても報われないという、縁起の悪い故事をもつ田芹を、一体何千回摘んだというので、私の望んだことは、こんなにも何一つかなえられないのか。

百人一首に、源兼昌の次の歌がある。

淡路島かよふ千鳥のなく声に幾夜寝覚めぬ須磨の関守

（淡路島から通ってくる千鳥が、もの悲しく鳴く声に、須磨の関守は、幾夜目をさましてしまったことであろうか）

「幾夜寝覚めぬ」は、「寝覚めぬる」が正しいとされる。または「幾夜寝覚めぬらむ」の「らむ」の省略とも言われる。いずれにしても「幾夜」に対して連体形で結ばれる。

その後は

その後はなにとなくまぎらはしきに、物語のこともうちたえ忘られて、ものまめやかなるさまに、心もなりはててぞ、などて、多くの年月を、いたづらにて臥し起きしに、おこなひをも物詣でをもせざりけむ。このあらましごととても、思ひしことどもは、この世にあんべかりけることどもなりや。光源氏ばかりの人は、この世におはしけりやは。薫大将の宇治にかくし据ゑたまふべきもなき世なり。あなものぐるほし。いかに、よしなかりける心なり、と思ひしみはてて、まめまめしく過ぐすとならば、さてもありはてず。（三二九）

その後は、何となく雑事にとりまぎれて、物語のことも忘れてしまい、実直な様子に心もなりはて、「なぜ、多くの年月をむだに暮らして、勤行や物詣でをしなかったのだろう。物語を読んで抱いた夢にしても、私が思ったことは、この世にあるようなことだろうか。光源氏のような人はこの世にいただろうか、薫大将が宇治に隠し据えた浮舟のような人もいないのだ。なんととりとめもないことを思っていたのだろう」と、つくづくと思ったが、実直に過ごすかと言えば、そうもなりきれない。

結婚したのは、長久元年作者三十三歳の春と考えられ、それに続く同年の心情であると考えられる。物語の夢が無残に破れ、現実に直面するが、「まめまめしく過ぐすとならば、さてもありはてず」と言う。これは具体的には、どういう状態を言うのだろうか。これまでの作者には、物語に没頭することと、物語から離れてまじめに仏道のことを考えたりすることの二つの対立する心があり、寺に詣でてもなかなか物語から離れることは難しかった。「まめまめしく過ぐす」が、物語から離れたまじめな状態であるとすれば、そうもなりきれなかったということは、光源氏はいないという現実を知っても、作者の心は物語から離れきることはなかったということだと考えられる。

時々の客人

参りそめし所にも、かくかきこもりぬるを、まこととおぼしめしたらぬさまに人々も告げ、たえず召しなどするなかにも、わざと召して、「若い人参らせよ」と仰せらるれば、えさらず出だしたつるにひかされて、また時々出でたてど、過ぎにし方のやうなるあいなだのみの心おごりをだに、すべきやうもなくて、さすがに、若い人にひかれて、をりをりさし出づるにも、馴れたる人は、こよなく、なにごとにつけてもありつき顔に、われはいと若人《わかうど》にあるべきにもあらず、またおとなにせらるべきおぼえもなく、時々のまらうとにさし放たれて、すずろなるやうなれど、ひとへにそなたひとつを頼むべきならねば、われよりまさる人あるも、うらやましくもあらず。（三二九）

出仕した祐子内親王邸でも、作者の結婚を本当とも思わないようで、以後も絶えず召されている。

「若い人参らせよ」と言われて、しかたなく姪を出仕させたのに引かされて、また時々出仕したが、以前のようにあてにもならない女房としての昇進を期待する心もなく、それでも、姪が出仕したのに引かれて、時々出仕するようになった。

結婚後の出仕の様子が書かれている。三十三歳で結婚して、次の記事が三十五歳なので二年から三年にわたる記事であり、時々行く客人のような有様になったことが記されている。

内侍所参拝

内裏《うち》の御供に参りたるをり、有明の月いと明きに、わが念じ申す天照御神《あまてるおほんかみ》は内裏にぞおはしますなるかし、かかるをりに参りて拝みたてまつらむと思ひて、四月ばかりの月の明きに、いとしのびて参りたれば、博士《はかせ》の命婦《みやうぶ》は知るたよりあれば、灯籠《とうろ》の火のいとほのかなるに、あさましく老い神さびて、さすがにいとようものなど言ひゐたるが、人ともおぼえず、神のあらはれたまへるかとおぼゆ。（三三〇）

天照御神系の伏線に当たるもので、夢として書けなかった虚構だと考えられる。夢で内侍所に参拝して博士の命婦に会ったと書いても、伏線としての効果がないので、自身の経験として書いたと考えられる。

作者が祐子内親王の参内に供奉《ぐぶ》したのは、三十五歳の年の四月十三日から二十日までの七日間であり、その時の一夜の出来事として書かれている。

唐突に「わが念じ申す天照御神」と言うが、作者がなぜ天照大神を信仰するようになったのかは記されていない。この後も作者が天照大神を信仰していると思われる記事は見られない。作者は実際には天照御神を信じていないと考えられる。

時雨の夜の出会い

十月初めの暗い夜、作者と同僚の女房は、不断経に声のよい僧たちが読経していると いうので、そばの戸口に出て聞いていると、やってくる人がいた。その人が同僚と話すのを聞いていると、もの静かで好もしい感じだった。「もう一人の方は」と作者のことも尋ねて、しみじみと語り続けて「まだ知らない方がいたのですね」などと作者のことを珍しがり、折から時雨が降りそそぎ、木の葉にかかる音も趣深く、話は春秋の優劣に及び、「どちらに心を惹かれますか」という問に答えて、作者は春の歌を詠み、同僚は秋の歌を詠んだ。

その人は冬の月の情趣も捨てがたいとして、自分が斎宮の勅使として伊勢に下った時の思い出として、降り積もった雪に月が明るく照る暁に、おいとまごいに斎宮へ参上したところ、他の所とは違って、気のせいか恐ろしく思っていると、円融院の御代から斎院に仕えている老女房で神々しい気配の人が、昔話をして、琵琶を差し出して一曲弾くように所望されたのは忘れられないと語った。そして、「今宵からは、暗い闇夜で、時雨が降るような夜が心に残ることでしょう。斎宮の雪の夜には劣るとは思えません」などと言って別れた。

翌年の八月に、宮が内裏へ参内された時に、夜もすがら殿上で管弦の遊びがあって、作者はその人が出仕しているのも知らず、その夜は局で明かして、細殿の遣戸の外を眺め、明け方の月が浮かんでいるのを見ていると、沓の音がして読経をする人もいる。その読経の人は、引き戸口に立ち止まって話しかけてくるので、答えていると、ふと思い出して、「時雨の夜を片時も忘れず恋しく思っています」と言うので、長々と答えている場合ではないので、とっさに歌を詠み、人々がまたやってきたので、そのまま局にすべり入って、その夜のうちに退出してしまった。

その人は、時雨の夜に一緒にいた女房を訪ねて、返歌をしたことを後になって聞いた。「去年の時雨の夜のような時に、知っている限りの琵琶の曲をお聞かせしたい、ということでした」と聞くと、その琵琶の曲が聞きたくて、その機会を待っていたのに、そんな機会はなかった。

翌年の春のころ、のどやかな夕暮れに、その人が参上したようだと聞いて、その夜一緒だった女房といざり出ようとしたが、外には人々がやってきて、内には女房たちがいるので、出るのをやめて局に帰った。その人もそう思ったのだろうか、静かな夕暮れを見はからって参上したのだが、騒がしかったので退出したようだ。後になって、「はるばる訪ねていった私の心はおわかりでしたか」という歌が一緒にいた女房に送られてきただけで終わってしまった。あの人は人柄もまじめで、世間によくある人とは違って、「その人は、あの人は」などとせんさくすることもなく終わった。

この話は、三回にわたって、いつも同じ女房がいることも不自然であり、この話にもかなり虚構があると考えられる。この人、源資通が琵琶の名手だという前提で話が展開している。伊勢の斎院の老女も博士の命婦と同じような描き方で、架空の人物かと思われる。

「あさみどり」の歌は、『新古今集』春歌上に次の詞書になっている。

祐子内親王、藤壺に住みはべりけるに、女房上人などさるべきかぎり、物語して、「春秋のあはれいづれにか心ひく」などあらそひはべりけるに、人々おほく秋に心をよせはべりければ

『新古今集』が他の資料によって書いているなら、この歌は本来、女房、殿上人など大勢の中で詠まれたことになる。

この話は「十月ついたちごろ」とされるが、この前に、同年冬の十一月以後と見られる三つの女房同士の話がある。資通と出会ったのが十月であったためか、時雨の夜に出会ったことにしたために、時間がさかのぼっていると考えられる。

資通との話は、長久三年（一〇四二）から寛徳元年（一〇四四）にわたるものであるが、長久四年、寛徳元年の二年の日記には資通以外のことは書かれていない。孝標女にとって資通は光源氏のような人であり、長く書かれていた憧れの人との出会いの夢は、ここに、このように成就している。

五　物詣で

物詣での始まり

今は、昔のよしなし心もくやしかりけりとのみ思ひ知りはて、親の物へ率て参りなどせでやみにしも、もどかしく思ひ出でらるれば、今はひとへに豊かなる勢ひになりて、ふたばの人をも、思ふさまにかしづきおほしたて、わが身も三倉の山につみ余るばかりにて、後の世までのことをも思はむと思ひはげみて、霜月の二十余日、石山に参る。雪うち降りつつ、道のほどさへをかしきに、逢坂の関を見るにも、昔越えしも冬ぞかしと思ひ出でらるるに、そのほどしも、いとあらう吹いたり。

逢坂の関のせき風ふく声はむかし聞きしにかはらざりけり

関寺のいかめしう造られたるを見るにも、そのをり荒造りの御顔ばかり見られしを思ひ出でられて、年月の過ぎにけるもいとあはれなり。打出《うちいで》の浜のほどなど、見しにも変はらず。（三三九）

物詣での開始は、寛徳二年（一〇四五）十一月の石山寺参詣で、作者三十八歳の年である。物詣での動機は、豊かな生活や極楽往生の祈願で、一般の人々の寺社参詣と同じであり、作者に特に仏道信仰を深めようとするような動機は見られない。

作者は現世利益《げんぜりやく》的な動機を第一に挙げるが、このころの作者は、物詣でによって新しく見聞を広めようとしているのではないかと思われる。旅自体が目的ではなかったか。

この箇所で「ふたばの人」がいることがわかる。「ふたばの人」は長男仲俊で、誕生は長久二年と考えられ、この時五歳になる。

石山寺へ行く途中、逢坂の関を通り、上京の旅を思い出している。

石山寺

暮れかかるほどに詣で着きて、斎屋《ゆや》に下りて御堂《みだう》に上るに、人声もせず、山風おそろしうおぼえて、おこなひさしてうちまどろみたる夢に、「中堂より麝香《ざかう》賜はりぬ。とくかしこへつげよ」といふ人あるに、うちおどろきたれば、夢なりけりと思ふに、よきことならむかしと思ひて、おこなひ明かす。またの日も、いみじく雪降りあれて、宮にかたらひきこゆる人の具したまへると、物語して心ぼそさをなぐさむ。三

日さぶらひてまかでぬ。（三四〇）

夕暮れに石山寺に着いて、斎屋に下りて御堂へ上ると、人声もせず、山風が恐ろしく思われる。勤行の途中で眠って見た夢で、「中堂から麝香《じやこう》をいただいた。早くあちらへ告げなさい」と言われた。作者はきっとよい知らせなのだろうと思う。鏡の明るい影の実現を期待させようとしている。

初瀬参詣

そのかへる年の十月二十五日、大嘗会《だいじやうゑ》の御禊《ごけい》とののしるに、初瀬の精進はじめて、その日京を出づるに、さるべき人々、「一代に一度の見物《みもの》にて、田舎せかいの人だに見るものを、月日多かり、その日しも京をふり出でていかむも、いとものぐるほしく、ながれての物語ともなりぬべきことなり」など、はらからなる人はいひ腹立てど、児《ちご》どもの親なる人は、「いかにもいかにも心にこそあらめ」とて、いふにしたがひて、出だしたつる心ばへもあはれなり。ともに行く人々も、いといみじく物ゆかしげなるは、いとほしけれど、「物見て何にかはせむ。かかるをりに詣でむ志を、さりともおぼしなむ。かならず仏の御しるしを見む」と思ひ立ちて、その暁に京を出づるに、二条の大路をしも渡りて行くに、さきに御明《みあ》かし持たせ、供の人々浄衣《じやうえ》姿なるを、そこら、桟敷《さじき》どもにうつるとて、往きちがふ馬も車もかち人も、「あれはなぞ、あれはなぞ」と、やすからずいひおどろき、あさみ笑ひ、あざける者どももあり。（三四一）

作者が、大嘗会の御禊の日に初瀬参詣に出発しようとすると、兄が反対し、夫が「好きなようにしなさい」と言う。こんな日に初瀬へ向かう一行は、道行く人々から驚きあきれられるが、やがて藤原良頼《よしより》邸の人が一人だけ、作者の行動が正しいと味方してくれる。

この『更級日記』の箇所は、『蜻蛉日記』に発想を得て、物詣での旅を劇的にするために、大嘗会の御禊を取り入れて書かれた虚構だと考えられる。兄と夫が意見を言うが、兄は上京の旅で、作者を乳母のもとに連れていってはいなかったし、姉の追悼の歌も代作だと思われる。夫は作者との会話もなく、あまり書かれない人である。ここでは兄が引き止め、夫が行かせる人の役割を負っていると思われる。作者は、母にも鏡の影の構想のためには、古代の人として語らせている。兄と夫と良頼邸の人という三人の役者を揃えて、それぞれの科白を語らせてドラマが展開している。

作者は、初瀬には実際に行っていると思われる。大嘗会の御禊の日にも出発しているかもしれない。しかし二条大路は通らなかったのではないだろうか。

この箇所で、夫を「児どもの親なる人」と言っている。この年に第二子が生まれていると思われる。この時に長男仲俊が六歳、次子が一歳だと考えられる。

宇治の渡りに行き着きぬ。（略）紫の物語に宇治の宮のむすめどものことあるを、いかなる所なれば、そこにしも住ませたるならむとゆかしく思ひし所ぞかし。げにをかしき所かなと思ひつつ、からうじて渡りて、殿の御領所《ごりやうしよ》の宇治殿を入りて見るにも、浮舟の女君《をんなぎみ》の、かかる所にやありけむなど、まづ思ひ出でらる。（三四三）

初瀬参詣の旅では、宇治川の印象が深かったようで、宇治の渡りで、『源氏物語』を思い浮かべ、浮舟に思いを馳せている。

つとめてそこを立ちて、東大寺に寄りて拝みたてまつる。石上《いそのかみ》もまことに古《ふ》りにけること、思ひやられて、むげに荒れはてにけり。その夜、山辺《やまのべ》といふ所の寺に宿りて、いと苦しけれど、経すこし読みたてまつりて、うちやすみたる夢に、いみじくやむごとなく清らなる女のおはするに参りたれば、風いみじう吹く。（略）「そこは内裏《うち》にこそあらむとすれ。博士の命婦をこそよくかたらはめ」とのたまふと思ひて、うれしく頼もしくて、いよいよ念じたてまつりて、初瀬川などうち過ぎて、その夜御寺《みてら》に詣で着きぬ。祓《はら》へなどして上る。三日さぶらひて、暁まかでむとてうちねぶりたる夜さり御堂の方より、「すは、稲荷より賜はるしるしの杉よ」とて、物を投げ出づるやうにするに、うちおどろきたれば、夢なりけり。（三四四）

二十六日に、東大寺、石上神宮を訪れ、山辺の寺に宿っている。二十七日から二十九日まで長谷寺に参籠《さんろう》している。出発した二十五日の記事が非常に長く、その後の四日間の記事がこのように短い。東大寺、石上神宮、山辺の寺、長谷寺については、ほぼ何の描写もされていない。寺社そのものへの関心はほぼないと見られる。仏道信仰も深まったようには見えない。この箇所ではただ夢のお告げが語られている。物詣での旅では、石山寺、山辺の寺、長谷寺の三か所が夢のお告げに使われている。石山寺では麝香《じゃこう》を賜り、長谷寺では杉を賜り、同じような夢である。石山寺では「よきことならむかし」と思い、山辺の寺では「うれしく頼もしく」思っていて、この三つの夢はよい知らせだと思われる。

日記を、一度だけ楽しく通読して終わるのも、一つの読み方だと思う。しかし、二度三度と繰り返して読むと必ず多くの疑問が生ずる。なぜ石山寺で麝香をもらうのか、なぜ山辺の寺で、鏡の影のお告げを語ったのと同じ美しい女が博士の命婦の名を挙げ内裏について語るのか、なぜ長谷寺で伏見稲荷の杉をもらうのか、かなり変だということにも読者は気づくのではないだろうか。かなり不自然な設定から作者の企てに気づくのではないか。

九つの夢のうち、晩年の述懐の前に八つの夢があり、その最後の三つがこの物詣での夢である。鏡の影にかかわる三つの夢を、旅先の寺で次々に都合よく見ることが現実にあるはずもなく、お告げの夢が虚構であることは、おのずから明らかである。

初瀬参詣の旅では、行きと帰りの二箇所の宿が描かれている。行きの宿では盗人と間違われ、帰りの宿は盗人の宿だった。二つの宿が対照的に描かれている。

いみじう風の吹く日、宇治の渡りをするに、網代《あじろ》いと近う漕ぎ寄りたり。

音にのみ聞きわたりこし宇治川の網代の波も今日ぞかぞふる（三四六）

帰路に再び宇治川の記事があり、網代の波の歌を詠んでいる。このころの作者の心には、やはり物語への思いが一番強かったのではないかと思う。

四十代の物詣で

四十代になって、四つの物詣でをしている。四十代の物詣でにはいつの年のことかが書かれていないが、日記の記述が時間に沿っているので、いつであるか推定することができる。

春ごろ鞍馬寺に参詣し、十月に再び参詣している。永承二年、作者四十歳の年の出来事だと考えられる。この鞍馬寺参詣の記事も行き帰りの風景が美しく描かれている。

石山寺の再訪は「二年ばかりありて」とあるので、永承四年四十二歳の時のことだと考えられる。石山寺の有明の月の歌が詠まれている。次に初瀬に参詣する。

また初瀬に詣づれば、はじめにこよなくもの頼もし。ところどころにまうけなどして行きもやらず。山城の国柞《ははそ》の森などに紅葉いとをかしきほどなり。初瀬川わたるに、

初瀬川たちかへりつつたづぬれば杉のしるしもこのたびや見むと思ふもいと頼もし。（三四八）

この長谷寺の再訪は、永承五年、作者四十三歳の秋のことだと考えられる。夢ではなく、現実の歌で稲荷の杉が頼もしいと言っているが、この時四十三歳であり、この年齢

からの宮中の栄華が望めないことは、作者自身がわかっていたのではないだろうか。

物詣での終わり

なにごとも心にかなはぬこともなきままに、かやうにたちはなれたる物詣でをしても、道のほどを、をかしとも苦しとも見るに、おのづから心もなぐさめ、さりとも頼もしう、さしあたりて嘆かしなどおぼゆることどもないままに、ただ幼き人々を、いつしか思ふさまにしたてて見むと思ふに、年月の過ぎゆくを、心もとなく、たのむ人だに、人のやうなるよろこびしてはとのみ思ひわたる心地、頼もしかし。（三四九）

四十三歳の時に物詣での結びとして書かれている。これまでの物詣でに満足し、道中の風物に心を慰められたと言い、現在の生活が満ち足りていると言っている。このころの実感であったと考えられる。

二人の友

うらうらとのどかなる宮にて、同じ心なる三人《みたり》ばかり、物語などして、まかでてま

たの日、つれづれなるままに、恋しう思ひ出でらるれば、二人の中に、

袖濡るる荒磯浪《あらいそなみ》と知りながらともにかづきをせしぞ恋しき

と聞こえたれば、

荒磯はあされどなにのかひなくてうしほに濡るる海人《あま》の袖かな

いま一人、

みるめおふる浦にあらずは荒磯の浪間かぞふる海人もあらじを（三五〇）

永承六年春の歌だと思われる。祐子内親王邸で二人の女房と語りあい、翌日の作者の歌に二人の女房が返歌を詠んでいる。この三首について、『全評釈』に次の指摘がある。作者の歌の上の句は宮仕えの辛苦を述べ、下の句はともに仕えた恋しさを述べている。最初の返歌は上の句に対応し、次の返歌は下の句に対応していて、偶然の配置とは思えない。先輩女房の返歌とはいいながら、実は作者自身の作ではないか。

指摘のように、日記の歌の多くは執筆時の作ではないかと考えられる。

筑前の友

同じ心に、かやうにいひかはし、世の中の憂きもつらきもをかしきも、かたみにい

ひかたらふ人、筑前に下りて後、月のいみじう明きに、かやうなりし夜、宮に参りてあひては、つゆまどろまずながめ明かいしものを、恋しく思ひつつ寝入りにけり。宮に参りあひて、うつつにありしやうにてありと見て、うちおどろきたれば、夢なりけり。月も山の端《は》近うなりにけり。さめざらましをと、いとどながめられて、

夢さめて寝ざめの床の浮くばかり恋ひきとつげよ西へゆく月（三五一）

宮仕えで親しくしていた友が筑前へ行ってしまった。月の夜に思い出して寝て、会っている夢を見て、歌を詠んでいる。

日記に十一ある夢のうち、述懐にかかわる虚構の夢が九つあり、十番目に検討したのが猫の夢であり、これが十一番目の夢である。直前の二人の友の歌が作者の歌だと思われ、筑前の友の夢を含むこの部分もまた虚構だと考えられる。

日記には、友について書かれている箇所が二箇所ある。長久三年、作者三十五歳の冬、高倉邸の女房との歌のやりとり、同僚の女房との水鳥の歌のやりとり、すすきを贈った歌のやりとりの三つの宮仕えの友とのやりとりがある。

物詣での旅の後に、越前の友、西山の歌、太秦の歌、二人の友、筑前の友の五つの話がある。二箇所の八つの話は、いずれも歌物語的である。歌は執筆時に詠まれたと思わ

れ、人物についても、創作であるかもしれないと思う。

二箇所の友の話は、構想上意図的に集められていると考えられる。宮仕えの友の話は、前半の三つと、後半の三つの六つの話である。これらの女房の話は、かつての同僚の女房たちに、こんなことがありましたねと書いているというよりも、作品として宮仕えの生活のさまざまを、虚構を交えて描いているように思われる。

和泉への旅

さるべきやうありて、秋ごろ和泉《いづみ》に下るに、淀といふよりして、道のほどのをかしうあはれなること、いひつくすべうもあらず。高浜といふ所にとどまりたる夜、いと暗きに、夜いたうふけて、舟の楫《かぢ》の音聞こゆ。問ふなれば、遊女《あそび》の来たるなりけり。人々興じて、舟にさしつけさせたり。遠き火の光に、単衣《ひとへ》の袖長やかに、扇さしかくして、歌うたひたる、いとあはれに見ゆ。（三五二）

秋に和泉の国へ下り、帰路は冬になり、大津の浦で嵐に遭っている。この旅は、前の記事に続く永承六年のことであると考えられる。和泉の国へ行ったのは、兄定義が和泉守として永承四年に赴任していたからだと考えられる。和泉の国のことは記されず、往路と復路のことが記されている。紀行文の作品としても読めるようによくまとまっている。

淀川のほとりに泊まった夜に、舟を漕いでやってきた遊女と出会っているが、足柄山の遊女との関連について『全評釈』に次の指摘がある。

〈山〉に対して〈川〉であり、前者が「庵の前」という〈近景〉であるのに、後者は〈遠景〉であり、前者が「髪いと長く」というような肉体的条件で、後者は「単衣の袖長やかに」という衣装上の条件であり、作者の企図による対照性は明らかである。

四十代の空白

二三年、四五年へだてたることを、次第もなく書きつづくれば、やがてつづきたちたる修行者めきたれど、さにはあらず。年月へだたれることとなり。(三四六)

作者は四十代の記事を書き始めるに当たってこのような断り書きをして、これまでのようにいつの年のことであるかを意図的に記さない。しかし読んでいくと、四十代の出来事は、四十四歳の和泉の国の旅までであることがわかる。

四十代の後半に約五年の空白がある。以前はこの空白を隠すために何年のことかを書かなかったのではないかと考えた。だが日記の中では異例の断り書きを書いたのは、何か他に理由があるのではないだろうか。

そう考えていくと思い当たるのは、四十代後半は空白なのではなく、何か書くに書けない重大なことがあって、それを隠そうとしているのではないかということである。年ごとに書いていくと、どうしても書けない年に近づいてしまう。そこで書かない宣言をしたと考えられる。作者がどうしても書けなかったもの、それは父孝標の死ではなかったか。作者は孝標の死を書けずに避けた。しかし日記の全文からは、この日記が孝標に捧げられた追悼文という一面を持つことは伝わってくるのではないだろうか。

六　晩年

夫の任官

世の中にとにかくに心のみつくすに、宮仕へとても、もとは一筋に仕うまつりつかばやいかがあらむ、時々たち出でば、なになるべくもなかめり。年はややさだ過ぎゆくに、若々しきやうなるも、つきなうおぼえならるるうちに、身の病《やまひ》いと重くなりて、心にまかせて物詣でなどせしこともえせずなりたれば、わくらばのたち出でも絶えて、長らふべき心地もせぬままに、幼き人々を、いかにもいかにも、わがあらむ世に見おくこともがなと、臥し起き思ひ嘆き、たのむ人のよろこびのほどを、心もとなく待ち嘆かるるに、秋になりて待ちいでたるやうなれど、思ひしにはあらず、いとほいなくくちおし。(三五四)

天喜五年の秋、夫が信濃守に任官した。信濃守は望んだものではなかった。この時に、作者は五十歳になっている。時々の出仕では、宮仕えの地位も上がらず、年取って病も重くなって、物詣でもできなくなり、出仕も絶えて、今はただ子供たちの成長を願って夫の任官を待っていたと言っている。

夫は八月二十七日に任地に出発した。任地には十七歳の長男仲俊も同行した。

夫の死と述懐

今はいかで、この若き人々おとなびさせむと思ふよりほかのことなきに、かへる年の四月に上り来て、夏秋も過ぎぬ。

九月二十五日よりわづらひ出でて、十月五日に夢のやうに見ないて、思ふ心地、世の中にまたたぐひあることともおぼえず。初瀬に鏡奉りしに、臥しまろび泣きたる影の見えけむは、これにこそはありけれ。うれしげなりけむ影は、来しかたもなかりき。今ゆく末は、あべいやうもなし。二十三日、はかなく雲煙になす夜、去年の秋、いみじくしたてかしづかれて、うち添ひて下りしを見やりしを、いと黒き衣の上に、ゆゆしげなる物を着て、車の供に、泣く泣く歩み出でてゆくを、見出だして思ひいづる心地、すべてたとへむかたなきままに、やがて夢路にまどひてぞ思ふに、その人や見にけむかし。

昔より、よしなき物語、歌のことをのみ心にしめで、夜昼思ひて、おこなひをせましかば、いとかかる夢の世をば見ずもやあらまし。初瀬にて前のたび、「稲荷より賜ふしるしの杉よ」とて投げ出でられしを、出でしままに、稲荷に詣でたらましかば、かからずやあらまし。年ごろ「天照御神《あまてるおほんかみ》を念じたてまつれ」と見ゆる夢は、人の御乳母して、内裏わたりにあり、みかど、后の御かげにかくるべきさまをのみ、夢ときも合はせしかども、そのことは一つかなはでやみぬ。ただ悲しげなりと見し鏡の影のみたがはぬ、あはれに心憂し。かうのみ心に物のかなふ方なうてやみぬる人なれば、功徳《くどく》もつくらずなどしてただよふ。（三五六）

夫は翌年の四月に帰ってきて、九月二十五日に発病して、十月五日に亡くなった。作者はここで鏡の影の答えがわかったと言う。二十六歳のころに見た夢の結果が、五十一歳の今になってわかったと言っている。

五十一歳の述懐の前に伏線として書いてきた八つの夢がここで一挙に回収される。仏道の怠りを原因とするために、物語耽読が悪とされるが、これは作者の実人生の思いとは異なるものだと思われる。よい知らせだと思わせた物詣での三つの夢も、稲荷に詣でなかったためにかなわなかったと言う。

作者は自分の不幸を語るのに、これでも不十分だとして夢解きまで出してくるが、これは後出しの蛇足にすぎない。執筆時に構想した伏線に、現実の夢解きがいるはずはないのである。日記の中で、どこに天照御神の夢に夢解きがいた可能性があるか、読み返してみる。十四、五歳のころの六角堂の遣水の夢は、何とも思わなかったので、夢解きに聞くことはなかった。二十六歳のころには、夢ではなく、「つねに言う人」がいただけなので夢解きはいない。内侍所では、「わが念じ申す」と言っているので、夢は見ていない。『更級日記』は、途中で読み返しても、かえって矛盾が明確になるだけなのである。

作者は夫が死んで悲しいと言うが、夫との思い出は何も語られず、夫が懐かしいとも言っていない。むしろ夫の死よりも、自分が乳母になれなかったことの方を悲しんでいる。

『全評釈』では、作者にとって夫は〈異邦人〉であり、この箇所については、〈俊通への哀惜の念、つまり、その情動としての発露などは、如何程も介在しない〉としている。述懐で書き連ねていることは、ここで言うようなことであろうか。夫の死によって鏡の影の答えがわかったわけではない。四十代後半に出仕を辞めた時に、もう宮仕えの栄達などあるはずもないことはわかっていたのであり、もう物詣でにも旅にも行かれないと知っていたのである。悲しい状態は何年も前から続いているのであり、作者が言いたかったのは、五十一歳のころ「功徳もつくらずなどしてただよふ」という悲しい境涯にあったことである。この境涯が結びの姥捨山の孤愁の歌へと続いている。

阿弥陀仏の夢

さすがに命は憂きにもたえず、長らふめれど、後の世も思ふにかなはずぞあらむかしとぞ、うしろめたきに、頼むことひとつぞありける。天喜三年十月十三日の夜の夢に、ゐたる所の家のつまの庭に、阿弥陀仏立ちたまへり。さだかには見えたまはず、霧ひとへ隔たれるやうに、透きて見えたまふを、せめて絶え間に見たてまつれば、蓮華《れんげ》の座の、土をあがりたる高さ三四尺、仏の御たけ六尺ばかりにて、金色《こんじき》に光り輝きたまひて、御手かたつ方をばひろげたるやうに、いまかたつ方には印《いん》を作りたまひたるを、こと人の目には、見つけたてまつらず、われ一人見たてまつるに、さすがにいみじくけおそろしければ、簾《すだれ》のもと近く寄りてもえ見たてまつらねば、仏、「さは、このたびはかへりて、後に迎へに来む」とのたまふ声、わが耳ひとつに聞こえて、人はえ聞きつけずと見るに、うちおどろきたれば、十四日なり。この夢

ばかりぞ後の頼みとしける。（三五八）

この夢に天喜三年（一〇五五）十月十三日の日付があることは、非常に重要である。この日付がなく、述懐の後に阿弥陀仏の来迎の約束が書かれていたなら、この夢によって作者は救われたと考えられることになり、この作品は阿弥陀の救いを書いた仏教書と見なされたかもしれないのである。

しかし夫の死が康平元年（一〇五八）の五十一歳の時であるから、天喜三年は三年も前のことであり、この夢によって作者は救われてはいないのである。

ほぼ時系列に沿って書かれている日記の中で三年前の出来事を書くのは異例であるか、阿弥陀仏による救いの後に、自分の不幸を言い立てる述懐は書けなかっただろうと考えられる。ではこの箇所の後で救われたかというと、結末の孤愁の歌は、述懐だけを受けているので、この夢は作者の救いになっていない。

この夢は、作者の虚構であるから、作者自身、阿弥陀の来迎があるとは思っていないのである。

孤愁の歌

甥《をひ》どもなど、ひとところにて朝夕見るに、かうあはれに悲しきことの後は、ところどころになりなどして、たれも見ゆることかたうあるに、いと暗い夜、六らうにあたる甥の来たるに、めづらしうおぼえて、

月も出でで闇にくれたる姨捨《をばすて》になにとて今宵《こよひ》たづね来つらむ

とぞいはれにける。

ねむごろに語らふ人の、かうて後おとづれぬに、

今は世にあらじものとや思ふらむあはれ泣く泣くなほこそはふれ

十月ばかり、月のいみじう明きを、泣く泣くながめて、

ひまもなき涙にくもる心にも明しと見ゆる月のかげかな

年月は過ぎ変はりゆけど、夢のやうなりしほどを思ひ出づれば、心地もまどひ、目もかきくらすやうなれば、そのほどのことは、またさだかにもおぼえず。人々はみなほかに住みあかれて、ふるさとに一人、いみじう心ぼそく悲しくて、ながめ明かしわびて、久しうおとづれぬ人に、

しげりゆく蓬《よもぎ》が露にそほちつつ人にとはれぬ音《ね》をのみぞ泣く

尼なる人なり。

世のつねの宿の蓬を思ひやれそむきはてたる庭の草むら（三五九）

孤愁の歌五首であるが、前半三首と後半二首に分かれる。前半三首は、五十二歳の秋から冬の歌と思われる。『更級日記』はこの姨捨山の悲しい境地を目指して書かれてきた。後半二首は、五十三歳夏のころ、執筆の最後に全文の結びとして書かれたと考えられる。

第一首で、兄の六男と思われる甥が訪れたとされる。兄定義には多くの子がいた記録があり、六男の甥はいたであろうが、この歌に甥が来たとするのは、姨捨伝説に甥が出てくるからであり、実際には来ていないと考えられる。六男の甥という年の離れた甥を出すことによって、かえって他の来そうな人が来ないということを思わせようとしている。

第二首は、訪ねてくれない人に、「私のことを死んだと思っているかもしれませんが、私は泣く泣く生きています」と歌っている。第三首は、泣く泣く月を見ている悲しい歌である。

これらの歌の人の訪れのない姥捨山の境涯自体が事実ではないと考えられる。作者は

「ふるさと」である孝標邸にただ一人住むというが、作者には二人か三人の子がいるはずで、また育てた二人の姪がいて、孝標邸には兄の一家も住んでいるはずである。他に友人知人も時には訪れているはずである。

人に訪れてもらえない悲しい自分の姿は、日記の前半から時々書かれていたものであり、悲劇的な結末は構想の最初から予定されていたと考えられる。

執筆当時の作者は、物詣でも宮仕えもなくなり、人の訪れも少なく、寂しいものであっただろうが、作品を書くことに没頭することによって、現実を離れて救われていたと考えられる。すでに物語作者として、書くことに生きがいを見出していたのではないだろうか。

作者の実人生は、作品で描いている虚構とは少し異なるにしても、自分を悲劇のヒロインとして描くことを喜びとしていたであろうと考えられる。

結末の二首は、答えてくれない遠い存在である尼に、「私を見て」と呼びかけることによって、読者の心にも訴えようとしていると思われる。最後の二首の尼もまた、六郎の甥と同じように、虚構の人であったと思われる。

実人生と虚構

この作品は、作者が実際に体験した人生を基盤として、その上に虚構の夢、虚構の場面を築き上げた、日記というよりも、いわば「孝標女物語」というようなものである。

九つの夢は、作者の実人生に後から埋め込まれたもので、その後の実人生との間に必ずずれが生じているはずである。九つの夢は、表裏一体をなしている鏡の影系と天照御神系の二系列があり、夢として描けなかった二場面が現実として描かれている。夢解きがあったとされるのは天照御神系の夢であるが、日記の中に夢解きがあるはずがなかったことはすでに記した。

鏡の影の夢は、二十六歳のころの夢であるが、ここに示された明るい影、すなわち宮中の栄華が作者の人生の目指す幸福とされるが、当時の作者の夢は、物語の主人公のような人と出会って山里に隠れ住むような暮らしであり、正反対とも言えるものであるが、このことについての作者の言及は見られない。宮中の栄華は、作者が物語を読んで抱いた憧れとは異なる。

作者が宮中の栄華を、自分の人生の到達点だと思っていたなら、宮仕えの話があった時に、これで鏡の影のお告げの実現の第一歩だと思うはずである。鏡の影はいつのことか告げていないので、俊通と結婚した時に、鏡の暗い影が実現したとなぜ思わないのか。作者自身が五十一歳の伏線としか思っていないのである。

九つも積み重ねた伏線も、十代二十代で物語を読みふけったこととか、稲荷に詣でなかったことなどたわいのないことばかりである。仏のお告げが二つのうちどちらでしょうというクイズのようなものであり、結果がわかるのに二十五年もかかるものであることなど、述懐への伏線が作り話であることを読者は見抜いてもよいと思う。

作者の五十二、三歳のころは、この日記の中では晩年に当たることになるが、この後の作者の人生を考えてみると、『更級日記』の後に大作『浜松中納言物語』『夜の寝覚』を書いたと考えられ、七十歳過ぎまでの人生であるとすれば、五十三歳はまだ晩年とは言えないのである。

作者は日記の最後を悲しい境涯であることを強調して結びとしているが、このころは物語作家として充実しているのであり、日記を書き終えた作者は、さあ次は何を書こうかと次作の構想に移っていったのではないかと考えられる。日記の最後を「老残の晩年」と捉えられることが多いが、作者の実際の晩年はもっと先にあり、必ずしも「老残」ではなかったと考えられる。

前著で九つの夢が述懐のための虚構であると考えたが、残る二つの夢も虚構だと考えられる。一つは猫の夢、一つは筑前の友の夢で、日記には十一の夢の他、虚構と考えられる場面が多くあり、日記の歌も執筆時に詠まれたものが多いと思われる。

日記の描写には、強弱や明暗のコントラストがつけられていて、記事の省略や執筆時の加筆もあると見られ、母や夫は書かない方針であったとも考えられ、日記のどこまでが実人生であったかは、まだ検討の余地があると考えられる。

第三章　源氏物語

一　第一部から

輝く日の宮

紫上系の物語には、本来「桐壷」に続く巻二があったと考えられ、巻名としては、「輝く日の宮」という名が伝えられている。

紫上系巻二は、源氏と藤壷の恋の成り行きを描く巻と考えられ、女主人公は藤壷である。現行『源氏物語』の最初の部分の巻名は、「桐壷」「帚木」「空蝉」「夕顔」「若紫」「末摘花」と女主人公が巻名になっている。巻二の巻名も女主人公の名であったと考えられるが、巻一「桐壷」に対して、巻二「藤壷」ではあまりに平板である。そこで変化をつけるために、作者は藤壷に別の呼称をつけたと考えられる。

「桐壷」の巻で、

世にたぐひなしと見たてまつりたまひ、名高うおはする宮の御容貌《かたち》にも、なほにほはしさはたとへむ方なく、うつくしげなるを、世の人光る君と聞こゆ。藤壷ならび

たまひて、御おぼえもとりどりなれば、かかやく日の宮と聞こゆ。(①四四)

と源氏と藤壺は並び称される。これはこの後の二人の恋の展開の予告であり、巻二の巻名の用意を示すものだと考えられる。「桐壷」の巻末は、

光る君といふ名は、高麗人《こまうど》のめできこえてつけたてまつりけるとぞ言ひ伝へたるとなむ。(①五〇)

と並び称される二人の一方を挙げるが、これは読者にもう一方を思い浮かべさせるものので、巻二の巻名「輝く日の宮」へ移行するための準備だと考えられる。

「輝く日の宮」という巻名は、定家の奥入に記されている。第一次奥入を引用する。

空蝉
二の並びとあれど帚木の次なり
並びといふべくも見えず
一説には
巻第二　輝く日の宮
この巻もとよりなし
並びの一　帚木　空蝉はこの巻にこもる

二　夕顔

第一次奥入を書き直した第二次奥入では、「この巻もとよりなし」が、「この巻なし」、「空蟬はこの巻にこもる」が、「空蟬は奥にこめたり」となっている。

「この巻もとよりなし」は、「この巻はずっと以前からない」という意味だと考えられる。一説が意味しているのは、現在巻二は「帚木」で、「空蟬」「夕顔」が並びの巻とされているが、巻二は「輝く日の宮」で、並びの巻は「帚木」と「夕顔」で、「空蟬」は「帚木」の続きの巻であるということである。定家は二つの奥入にほぼ同じ一説を挙げていて、定家がこの一説を重視していることがうかがえる。

「輝く日の宮」は仮名で八字で他より長いが、「夢浮橋」は七字であり、六字の巻名としては「若紫」「末摘花」「花散里」「藤裏葉」がある。また「匂兵部卿」の巻もある。巻名は仮名で書かれていたと思われるが、目録などで漢字で記される場合「輝日宮」となる。巻名で、活用語の連体形の活用語尾が省略される例は「花散里」があり、格助詞「の」が省略される例は、「紅葉賀」「花宴」「藤裏葉」「夢浮橋」がある。漢字表記は可能だと見られる。

紫上系巻二は、「桐壷」に続く巻で、源氏十六歳、十七歳の出来事が描かれていると考えられる。十六歳の時に五節の舞姫との恋が描かれ、十七歳の秋に式部卿の宮の姫君に朝顔を贈り、八月十六日の月のさやかな夜の忍び歩きが描かれていたと考えられる。藤壺との密会は十七歳の初雪の日であると考えられ、巻三の「若紫」の北山の春とは美しい対照をなしていたと思われる。

巻二があれば、次のようなことが明らかになると考えられる。

①「紅葉賀」で朱雀院への行幸が書かれ、朱雀院は一院と呼ばれているが、一院と桐壺帝との関係、また藤壺の父の先帝と桐壺帝の関係、一院と先帝との関係が書かれていたはずである。

②蛍の宮が、第三皇子であったか第四皇子であったか。蛍の宮は、多くの系図に三の宮とされているが、四の宮とする説がある。

③蛍の宮が通っていた右大臣家の姫はだれだったのか。右大臣家の大君は弘徽殿女御、四の君は頭の中将の北の方、六の君は朧月夜である。北の方は二の君か三の君と言われる。

④頭の中将は、葵の上の兄か弟か。

⑤左大臣邸が三条にあり、右大臣邸が二条にあったことが書かれていたと思われる。

「真木柱」に、頭の中将（「少女」で内大臣に昇進）が「二条の大臣」と呼ばれるが、巻二以来右大臣邸は二条にあったのではないか。朧月夜も二条の実家に帰っている。

巻二は、成長した光源氏の恋を描いた華やかな巻で、読者の評判も高かったと思われる。藤壺や朝顔の姫君、次の「若紫」の物語は人気があったことだろう。

長保元年（九九九）十一月、彰子が入内した時の有様を、『栄花物語』巻六は次のように記している。

この御方藤壺におはしますに、御しつらひも、玉も少し磨きたるは光のどかなるやうもあり、これは照り輝きて、女房も少々の人は御前の方に参り仕うまつるべきやうも見えず、いといみじうあさましうさまことなるまでしつらはせたまへり。

巻八でその時を回顧して、

中宮の参らせたまひし折こそ、輝く藤壺と世の人申しけれ、

と、彰子を人々が「輝く藤壺」と言ったという。これは九九九年に、人々が『源氏物語』の「輝く日の宮」の巻を知っていたからではないかと考えられる。彰子入内に『源氏物語』の巻二が先行していたと考えられる。

紫上系の物語

紫上系二十巻は、前半と後半に分かれ、さらに二つに分かれる。長編の展望を持ちながら、物語の細部については、各グループの直前に構想されたと考えられる。

▼構想一「桐壷」「巻二」「若紫」「紅葉賀」「花宴」

「桐壷」に巻二に移行する姿勢が見られ、巻末近くで、二条院に理想の人を据えて住みたいと思うのは「若紫」への準備であると考えられる。「桐壷」は巻二や「若紫」などの成長した源氏を描くための起点の巻であるから、巻末が源氏十四、五歳になる長い年月の巻になる。「若紫」に「須磨」「明石」の伏線があり、「紅葉賀」「花宴」は秋春の一組の巻だと考えられる。

「花宴」で源氏は巻二以後はじめて飛香舎のあたりに足を踏み入れている。

藤壷わたりをわりなう忍びてうかがひ歩けど、語らふべき戸口も鎖《さ》してければ、うち嘆きて、なほあらじに、弘徽殿の細殿に立ち寄りたまへれば、三の口開きたり。

(①三五六)

戸口は王の命婦の局の戸口で、巻二に描かれていたと考えられる。「花宴」のあたりには、まだ巻二の名残りが揺曳《ようえい》している。

▼構想二「葵」「賢木」「花散里」「須磨」「明石」

ここではじめて葵の上の死の構想が立てられている。「若紫」の次の箇所が六条御息所の初出の箇所である。

おはする所は六条京極わたりにて、内裏よりなれば、すこしほど遠き心地するに、荒れたる家の、木立いともの古りて、木暗う見えたるあり。（①二三五）

ここではまだ紫の上の家の前を通りかかるために、六条に源氏が通う人がいるとされているだけの人である。「葵」の構想で、前坊妃御息所の身分が与えられ、伊勢下向も決められている。「花散里」は、「賢木」に書かれても時間的によいのであるが、短くても一巻とされるのは、前半を十巻とするためだと考えられる。花散里の構想は、葵の上の死に付随するもので、夕霧の養母になる人が必要だったからだと考えられる。

「須磨」は、読み通すのが難しい巻といわれるが、それは挟み込みの手法（反復叙法）が用いられていることによる。この手法は、あることを述べて、いったん時を戻して、そこに至るまでの過程を詳しく述べるもので、時間の重複がある。「須磨」では、「三月十日あまりのほどになむ都離れたまひける」とあって、須磨へ出発したのかと思うと、三日ほど前に戻り、都の人との別れの場面が次々に描かれ、引用している新編全集本では約十二ページに及ぶ。

▼構想三「澪標」「絵合」「松風」「薄雲」「朝顔」

「澪標」から、須磨から帰京後の後半の物語に入る。「薄雲」「朝顔」は、巻二の女主人公の藤壺と朝顔の姫君の物語であり、「朝顔」によって、巻二の朝顔の姫君の物語の詳細がわかる。式部卿の宮邸が桃園の宮であったこと、女五の宮がいたことなどがわかる。

▼構想四「少女」「巻十七」「巻十八」「梅枝」「藤裏葉」

「少女」で雲居雁の物語が始まり、六条院が完成し新しい構想が始まる。「梅枝」「藤裏葉」は紫上系の結びの二巻として一組のものである。

これまでの構想は、構想一、三、四が共通で、起点の巻の次に二巻一組の巻が二つある。構想二だけ「二・一・二」の形である。四つとも「三・二」とまとめることができる。

玉鬘系の物語

玉鬘系十六巻は、一度に構想されて続けて書かれている。玉鬘系十六巻は、前半六巻と玉鬘十帖に分かれる。「帚木」の雨夜の品定めで、頭の中将は自分を頼りにしていて幼い子がいる女が姿を消した話をするが、この親子が夕顔と玉鬘で、最初から十六巻の構想があることがわかる。夕顔がなにがしの院へ行く時に同行した右近が、後に二条院に局を与えられて住むが、これは後年の玉鬘と右近のめぐり逢いの構想によるものである。

玉鬘系前半は三巻ずつに分かれ、後半は、「玉鬘一巻・六条院の春から夏三巻・六条院の夏から秋三巻・行幸三帖」に分かれ、玉鬘系は三巻でまとめようとする傾向が強い。

前半の女主人公は三人で、その出会いと後日談が描かれるが、後日談が二巻にしかならず、もう一巻をつけるために、雨夜の品定めの構想が後からつけられたと考えられる。一夜の雑談からは巻名がつけられず、「帚木」から空蝉の話が始まり、巻末の歌から巻名をつけ、次の巻の巻名も同一人物の名であるという異例の二巻になっている。巻名の問題がなければ、「空蝉」の巻は、雨夜の品定めの翌日から始まったのではないかと考えられる。夕顔、末摘花、玉鬘の物語は巻頭から始まっている。

玉鬘系の女主人公は四人であるが、続く紫上系の巻で登場できず、それぞれ、「逃げられる・死ぬ・忘れられる。人に取られる」という結果になる。読者は玉鬘系が後から書かれて、次の紫上系の巻に出られないことを知っているので、このような展開には、やっぱりそうなるのかという感想を持ったに違いない。

現在巻一の巻末と「帚木」冒頭はうまく接続していない。「桐壷」を読んだだけの読者にとって、別の物語開始の口上を述べる「帚木」冒頭は理解しがたい。「桐壷」を読んで源氏と輝く日の宮のその後の物語を期待する読者の思いに応えることなく、雨夜の品定めが長々と進行していく。大作『源氏物語』に取り組もうと、志を立てて読み始めた読者を阻む最初の難関が巻二にあることは、この作品にとって不幸なことである。古くから「須磨」が挫折しやすい巻とされるが、「帚木」の方が越えがたい。

『源氏物語』の読み方としては、三宅晶子氏の薦めるような紫上系を先に読み玉鬘系を後に読む方法もある(1)。はじめて原文を読もうとする人にはわかりやすいと思う。だが、紫上系の巻だけ読むと、二箇所の欠落が非常に大きく、紫上系の物語本来の豊かさやおもしろさが損なわれていると感じる。また玉鬘系だけを読むと、孝標女の感想と同じく、飛び飛びで、何度も紫上系の引用があり、結末が「真木柱」なので読み終わったという感動がない。やはり成立過程を解明して事情を理解しつつ読み進めて、「梅枝」「藤裏葉」で終わるのがよいのではないかと思う。

「桐壷」「帚木」に関しては、玉鬘系の後に「桐壷」を書いたなら、なぜ「帚木」につながるように書かなかったのかという疑問が生じる。「梅枝」「藤裏葉」を残したように、

「桐壷」も最初に書かれたまま残されていると思う。

玉鬘系の巻にしばしば紫上系の出来事が記されるのは、ただ読者に紫上系の出来事を思い出させるためであり、作者も厳密に照らし合わせているわけではなく、読者にも重ね合わせて読むことを求めていない。しかし重ね合わせて矛盾することこそ、同時の成立ではなく数年の年を隔てての成立であることを証明するのである。

「帚木」の雨夜の品定めは、「長雨晴れ間なきころ」で、源氏十七歳の夏である。源氏が紫伊守邸へ方違えに行くのは雨夜の品定めの翌日である。源氏が紀伊守邸で人々が語るのを聞いていると、次のように朝顔の姫君のうわさ話がされる。

式部卿宮の姫君に朝顔奉りたまひし歌などを、すこし頬ゆがめて語るも聞こゆ。

(①九五)

紫上系巻二で源氏が朝顔の姫君のもとに通うのは、源氏十七歳の秋のことであり、重ね合わせて読めば、雨夜の品定めの翌日にはまだ朝顔を奉ってはいない。

この箇所のすぐ前に、
かやうのついでにも、人の言ひ漏らさむを聞きつけたらむ時、などおぼえたまふ。

(①九五)

とあり、源氏は藤壺との密会が人のうわさになるのを恐れているが、藤壺との密会は、十七歳の初雪のころであり、まだ起こっていない。

玉鬘系の巻で、紫上系でまだ起こっていないことを書くのは、「蓬生」の巻の次の三例などがある。

「蓬生」の巻で紫の上を「式部卿宮の御むすめ」と呼ぶが、紫の上の父が式部卿になるのは、後の「少女」の巻である。

「蓬生」の巻で、源氏が須磨から帰京してはじめて花散里を訪れたのは四月であるとするが、「澪標」では五月であった。

「蓬生」の巻の、

霜月ばかりになれば、(略)かの殿には、めずらし人に、いとどものさはがしき御ありさまにて、(略)年かはりぬ。卯月ばかりに、花散里を思ひ出できこえたまひて、

(②三四三)

について、片桐利博氏は「めずらし人」は新生児を指し、明石の姫君を指すとされる(2)。この箇所は、源氏が須磨から帰った年の十一月に明石の姫君が誕生していることになるが、「澪標」の巻では、明石の姫君の誕生は翌年の三月十六日である。

玉鬘系の物語を、紫上系の物語に重ねて読むと、多くの齟齬が生じるが、これらは「作者の誤り」でも、「作品の傷痕」でもなく、『源氏物語』の成り立ちを示す貴重な痕跡として、理解し、受け入れるべきものだと考えられる。

玉鬘系の物語は、紫上系の物語と、もともと「重ねて読むように書かれていない」という片桐利博氏の指摘がある（2）。

1 『もう一度読みたい日本の古典文学』 三宅晶子編 勉誠社 二〇二一年

2 『紫上系と玉鬘系—成立論のゆくえ』 加藤昌嘉、中川照将編 勉誠出版 二〇一〇年

成立の試案の表

これまでの試案の表を更新する。この表は、『源氏物語』の各部分の成立を、それぞれ三つまで候補を挙げて考えていこうとするものである。作者が玉鬘系の構想を完成して越前から帰京した場合、九九八年に書き終えることは可能だが、帰京後に構想を始める場合は一、二年後の完成となる。私は紫上系の完成は越前へ出発する前だと考えているのだが、越前で紫上系の構想を完成し、帰京後に書いた場合、紫上系の成立が九九九年、玉鬘系の完成が一〇〇一年ということも考えてみたが、表を書き直すには至らなかった。

紫上系と玉鬘系の成立には、次のことが考えられるからである。

①紫上系と玉鬘系には、二、三年あるいはそれ以上の隔たりがあると考えられる。続けて書かれたにしては、両系の間の食い違いが大きい。

②宣孝の死後、作者はしばらくは執筆はできなかったと考えられる。玉鬘系の物語には、宣孝の死後の作者の憂愁の影が見られず、玉鬘系の成立は、宣孝の死の一〇〇一年四月以前であると考えられる。

③『源氏物語』の作者としての名声によって彰子に仕えることになるのであるから、出仕の数年前に第一部の物語は完成していたと考えられる。

源氏物語成立の試案の表

年号	西暦	年齢	事柄	第一案	第二案	第三案
長徳元	995	20		紫上系	紫上系	紫上系
二	996	21	越前へ出発			
三	997	22	越前に滞在			
四	998	23	春越前から帰京	玉鬘系		
長保元	999	24	宣孝と結婚		玉鬘系	
二	1000	25	賢子誕生			玉鬘系
三	1001	26	宣孝没			
四	1002	27				
五	1003	28				
寛弘元	1004	29	十二月出仕			
二	1005	30	五月まで里に			
三	1006	31				
四	1007	32				
五	1008	33	紫式部日記	第二部	第二部	第二部
六	1009	34	紫式部日記			
七	1010	35	紫式部日記			
八	1011	36				
長和元	1012	37				
二	1013	38	八月二十日取次	巣守六帖	巣守六帖	巣守六帖
三	1014	39		家集	家集	家集
四	1015	40				
五	1016	41				
寛仁元	1017	42		宇治十帖		
二	1018	43			宇治十帖	
三	1019	44	一月五日取次			宇治十帖

二　他者の作と思われる巻の語彙による傍証

「鈴虫」

「鈴虫」は、『源氏物語』に十七例ある並びの巻の一つで、十四例は玉鬘系の巻であり、他の三例は「紅梅」「竹河」である。「匂宮」「紅梅」「竹河」は後記で別人の作と考えられ、「鈴虫」も後記で別人の作だと考えられる。

「鈴虫」と匂宮三帖が別人の作だと考えられる傍証として、この四巻の、それぞれ『源氏物語』に一例だけ使われている語句を挙げてみる（語句は大島本による）。

「鈴虫」に一例だけ使われている動詞は次のものである（他の語と結合したものも含む）。

「ほほろぐ」「匂ひあふ」「導きかはす」「漉《す》く」「輝きまどふ」「飾りはつ」「あふぎ散らす」「くゆり満ち出づ」「鳴りをしづむ」「抱き隠す」「思ほしくたす」「失ひはつ」「運びわたす」「野につくる」「その方にしなす」「そそきあふ」「鳴き伝ふ」「引き怠る」「思ひ流す」「思ひわきまふ」「奉り加ふ」「思しかへる」「そむきゆく」「汲み量る」「冷ます」「いつきたつ」

形容詞には次の例がある。

「ふり捨てがたし」「やつしにくし」

形容動詞には次の例がある。

「暑げなり」「置き所なげなり」「ただ人ざまなり」

名詞には次の例がある（他の品詞と結合したものも含む）。

「幡《はた》」「目染《めぞめ》」「夜の御帳《みちやう》」「四面《よおもて》」「法華《ほけ》の曼陀羅《まだら》」「唐の百歩の衣香《えかう》」「脇侍《けふじ》の菩薩」「白檀」「蜜《みち》」「ひとつかをり」「六道《ろくだう》の衆生」「六部《すざう》」「阿弥陀経」「御手ならし」「罫《け》かけたる金《かね》の筋」「帳台」「富士の嶺」「講説《こうぜち》」「花の中の宿」「はちすの宿」「袈裟の縫目」「さきら」「夕べの寺」「上下のはぐくみ」「中の塀の東のきは」「閼伽《あか》の棚」「心ならぬ人」「虫ども」「御世のそむき」「閼伽杯《あかつき》」「阿弥陀の大呪《だいず》」「隔て心」「草のやどり」「月の宴」「虫の音の定め」「新たなる月の光」「鈴虫の宴」「ふたわたり」「物のあなた」「ものはかなさ」「目蓮《もくれん》」「仏に近き聖」「玉のかむざし」「かひがひしさ」

「ほほろぐ」は特殊な動詞であり、複合動詞にも変わったものが見られる。名詞も変わったものが多く見られ、冒頭近くに多いのも目立つ。概して知識教養を誇るような傾向にあり、自信に満ちた書き方がされていると思われる。「横笛」までに「鈴虫」を予想させる記述はなく、「鈴虫」の記述を受ける巻もない。むしろ「幻」の巻の源氏と女三の宮の対面の場面は「鈴虫」と矛盾している。

「横笛」の巻の源氏は女三の宮に人知れず無念の思いを抱き、夕霧は柏木の笛について源氏に問いただそうとしている。このような登場人物の微妙な心理は、「鈴虫」には何ら反映されていない。第二部の物語の流れは「鈴虫」の方へは行かず、「幻」の二人の対面の場面の方へ行き着く。訪れた源氏に女三の宮は皮肉を言い、源氏は席を立って出ていってしまう。このように心が触れ合うことのないのが、源氏と女三の宮である。

「匂宮」

「匂宮」は、第三部本系の巻一（巻名はおそらく「巣守」）と入れ替わって本系の位置に入ったものであり、第三部本系は巣守六帖である。「匂宮」は、「幻」と第三部をつなぐ部分を本系によって要約したものであり、本系の構想を伝える重要な手がかりを残している。作者が五十四巻をまとめる時に、作者の依頼によって書かれた別人の作であると考えられる。

「匂宮」だけに使われている動詞には次のものがある。

「造り占む」「移しわたす」「つつがあり」「漏り出で知る」「おぼしなだらむ」「やつればむ」「取りつく」「合はせいとなむ」「なよびやはらぎ過ぐ」「立ち馴る」「まじらひ寄る」「もの馴れ寄る」「見せそむ」「招き乗す」「乗りまじる」「いざなひ立つ」「ものおもしろくなりゆく」「ほころびこぼる」「うち散りわたる」「神のます（風俗歌・八少女）」

「匂宮」だけに使われている形容詞には次のものがある。

「ありよし」「行き離れがたし」「客人《まらうど》だたし」

「匂宮」だけに使われている形容動詞には次のものがある。

「心の奥多かりげなり」「おとしめざまなり」

「匂宮」だけに使われている名詞には次のものがある。

「中姫君」「坊がね」「春の花の盛り」「御あつかひぐさ」「善巧《ぜんげう》太子」「ほのめき」「春雨の雫」「主なき藤袴」「をりなしがら」「うつし」「梅の花園」「小牡鹿《さをしか》」「われもかう」「なげの言葉」「還饗《かへりあるじ》」「南向き」「北向き」「うち返す羽風（連体形は一例）」「御かをり」

「匂宮」の文章は対句などの技巧が目立ち、華やかな表現がされている。使われている語句も派手で飾り立てた印象が強い。

巻末近くの夕霧が人々を誘って車で六条院へ行く場面では、夕霧の動作としてふさわしくない「まねき乗せ」「乗りまじり」「いざなひたてて」というような動詞が使われている。

兵部卿、常陸の宮、后腹の五の宮と、ひとつ車にまねき乗せたてまつりて、まかでたまふ。（略）さらぬ上達部あまたこれかれに乗りまじり、いざなひたてて、六条院へおはす。（⑤三三）

次の六条院の描写においても、「ものおもしろくなりゆく」「いといたくほころびこぼれたる」「さとうち散りわたれるに」などがしつこい感じである。

御土器《かはらけ》などはじまりて、ものおもしろくなりゆくに、求子《もとめご》舞ひてかよる袖どものうち返す羽風に、御前近き梅のいといたくほころびこぼれたる匂ひのさとうち散りわたれるに、例の、中将の御薫りのいとどしくもてはやされて、いひ知らずなまめかし。（⑤三四）

次に引用する薫と匂の宮の香りについて述べる箇所では、きらきらとした名詞を連ねて、豊かな語彙力をひけらかそうとしている。

この君のはいふよしもなき匂ひを加え、御前の花の木も、はかなく袖かけたまふ梅の香は、春雨の雫にも濡れ、身にしむる人多く、秋の野に主なき藤袴も、もとの薫りは隠れて、なつかしき追風ことにをりなしがらなむまさりける。かく、あやしきまで人の咎むる香にしみたかへるを、兵部卿宮なん他事《ことごと》よりもいどましく思して、それは、わざとよろづのすぐれたるうつしをしめたまひ、朝夕のことわざに合はせいとなみ、御前の前栽にも、春は梅の花園をながめたまひ、秋は世の人のめづる女郎花、小牡鹿《さをしか》の妻にすめる萩の露にもをさをさ御心移したまはず、老を忘るる菊に、おとろへゆく藤袴、ものげなきわれもかうなどは、いとすさまじき霜枯れのころほひまで思し棄てずなどわざとめきて、香にめづる思ひをなん立てて好ましうおはしける。（⑤二七）

『新編全集』は、薫の芳香の箇所の頭注に次のように記している。

過剰かつ空疎な引歌技巧や対句的辞法など、この物語全編を通じてやや異質。次段の匂宮に関する記述とあわせて、薫・匂宮の呼称が読者の間に定着した後世の補作かと疑う説がある。

また、「匂宮」の巻について頭注に次のように記している。

文章も緊張と充実感に欠ける。概して敬語が粗略、また用語に不審をおぼえるふしもある。

「匂宮」は、正式な巻名は「匂兵部卿」であり、略称が通用する唯一の巻である。「匂宮」の作者は、巣守の物語から巣守がなくなって巻名をつけるのに困ったであろう。そこで並び称される二人のうち、はじめの一人を巻名にしたと考えられる。薫は昇進によって呼び名が変わるので、巻名になりにくいということもある。

「紅梅」

「紅梅」には真木柱のその後が語られる、真木柱と蛍の宮の間には姫君(宮の御方)がいる。蛍の宮の亡き後、真木柱は按察《あぜちの》大納言の妻となり、二人の間に男君(大夫の君)が生まれる。按察大納言は、先妻との間に姫君が二人あり、大君は東宮妃として入内し、大納言は中の君の婿に匂の宮を望んでいるが、匂の宮は宮の御方に惹かれている。匂の宮は大夫の君をかわいがり、宮の御方への文を届けさせたりしている。薫二十四歳の春のころの物語である。

「宿木」の薫二十四歳の年末に、匂の宮についての次の記事がある。

あだなる御心なれば、かの按察大納言の紅梅の御方をもなほ思し絶えず、花紅葉につけてものたまひわたりつつ、いづれをもゆかしくは思しけり。(⑤三八一)

「宿木」の紅梅の御方は、突然出てくるものであり、この「宿木」の記事も「紅梅」の巻も、同じ物語によって書かれたと考えられ、かつては「原紅梅」があるとされていた。その「原紅梅」こそ第三部本系の巻であり、「紅梅」の巻は、本系にあった物語を「匂宮」の並びとして書くようにという要請によって、別人によって書かれた巻であると考えられる。

「紅梅」の巻に一例だけ見られる動詞は次のものである。

「神仏に祈る」「隔てわく」「思ひ劣る」「のぞきありく」「思ひおごる」「生きめぐらふ」

「思ほしまどはす」「召し籠む」「止め行く」「色にめづ」「晴れまじらひす」「まつはし寄す」

「思ほしやむ」「思ほし絶ゆ」

「紅梅」の巻に一例だけ見られる形容詞は次のものである。

「なまくねくねし」「きしろひにくし」「見せまうし」

「紅梅」の巻に一例だけ見られる名詞は次のものである。

「七間の寝殿」「わきまへ」「押手《おして》」「爪弾《つまびき》」「皮笛《かはぶえ》」「端が端にも」「阿難《あなん》」「懐紙《ふところがみ》」「花房」

「翁ども」「本つ香」「御ふさひ」「あだあだしさ」

紅梅の姫君の弟の男君は、「大夫の君」として系図に書かれ、さまざまな本の解説として書かれているが、「紅梅」の巻には「男君」「若君」という呼び方しかされていない。「大夫の君」がどこから出てくるかと言えば、本系巣守の物語の中に、若君が生まれて大夫の君になることが書かれているからである。「大夫の君」が、本系が存在したことの根拠となる。

源氏系図小鑑の蛍の宮の解説から引用する。

末の姫君ばかりこそ、真木柱の腹なれや。父宮亡くなりたまへれば、母に具せられ、紅梅のおとどのもとへおはしたり。わりなく物はぢりたまへど、その御けはひ心ばへさらに埋もるるさまならで、匂宮おぼしめし、おとうと大夫の若君にたづねたまひし君とかや。

「匂宮」「紅梅」の用語については、石田穣二氏の論がある（1）。

1　『源氏物語論集』（所収「匂兵部卿の巻語彙考証―その紫式部作にあらざるべきことの論」「紅梅の巻語彙考証―その紫式部作にあらざるべきことの論」）　桜楓社　一九七一年

「竹河」

「竹河」は、「帚木」と同様に口上から始まる。「帚木」冒頭を意識して、同じような趣向を用いている。「帚木」では、隠されていた話を伝えたのは、「物言ひさがなき人」であるとするが、「竹河」では、以下の話は「悪御達」で「落ちとまり残れる」人の「問はず語り」であるとしている。

「竹河」冒頭の「紫のゆかり」は、玉鬘系の物語を指す。「帚木」の口上によって書かれるのが玉鬘系の物語であるから、「竹河」の口上に続く物語が玉鬘系の物語と比較されるのは当然であり、「竹河」の作者は、以下の物語が紫式部の書いた玉鬘系の物語と似ていないだろうと言う。これは、「竹河」の作者が、自分は紫式部ではないと認めているのであり、「竹河」は口上によっても別人の作であることがわかる。

「竹河」だけに使われている動詞は次のものである。

「落ちとまり残る」「問はず語りしおく」「急ぎおぼす」「思ほしたゆたふ」「御覧じなほす」「盗み取る」「思ほし定む」「つぼむ」「言ひすさぶ」「おはしあふ」「めでくつがへる」「うちかづく」「ほのめき寄る」「散りかひ曇る」「打ちさす」「聞こえ助く」「聞こえうとむ」「頼みかかる」「奪ひ取る」「手をゆるす」「参りさまよふ」「屈じ入る」「渡り通ひおはす」「思しとむ」「馴れまじらひありく」「奏しなほす」「孕む」「踏み寄る」「かきありく」「うち出で過ごす」「抱き持つ」「なま心ゆかず」「めで騒ぐ」「うちかふ（動下二）」「御心とむ」「い

ますがらふ」

「竹河」だけに使われている形容詞は次のものである。

「口早し」「たどたどし」「踏む空もなう」「くせぐせし」「なま心わろし」「草深し」

「竹河」だけに使われている形容動詞は次のものである。

「思ふことありがほなり」「苦しげや」「仮名がちなり」「御ぐしいろなり」「心せばげなり」「顕証なり」「妨げやうなり」「心寄せありがほなり」「まじらひにくげなり」

「竹河」だけに使われている名詞は次のものである。

「悪御達」「年の数」「その方の衰へ」「むらむらしさ」「御次」「匂ひ香」「初声」「もぎ木」「御若盛り」「呂《りよ》」「見証《けんぞ》」「私の宮仕」「御花」「御木」「人の婿」「夕暮の霞の紛れ」「御争い」「花の争い」「枝ながら」「勝方《かちかた》」「なれき」「桜花」「闇のまどひ」「前申し」「生死《いきしに》」「塚」「蓆《むしろ》」「花頭《かとう》」「綿花《わたばな》」「月映え」「言ひ言ひのはて」「桜の争ひ」「今宮」「大上《おほうえ》」「あらじもの」「をのこの方」「あはの御ことわり」「還立《かへりだち》」「定めなの世」「私の思ふこと」「見苦しの君たち」

「竹河」だけに使われている語は次のものである。

「すかしたてまつらまほし」「すき者ならはさむかし」「わがぞわがぞ」「つらきもあはれ」「さばれや」「取りかへありて」「たが名は立たじ」「道のはてなる常陸帯の」

「匂宮」「紅梅」は本系の物語によって書かれたと考えられるが、「竹河」の物語は本系にはなかったと考えられる。作者が「匂宮」に並び二巻をつけたのは、帚木三帖と同じ形にして、三帖でまとめたかったのだろうと考えられる。匂宮三帖は作者の要請によって書かれたと考えられるが、「鈴虫」に要請があったとは考えにくい。だれかが書いたものを物語仲間のよしみで入れたなどの事情があったのではないかと思われる。

三　第二部から――「若菜下」「御法」「幻」

蛍の宮

紫上系の蛍の宮は、帥宮《そちのみや》として登場し、「花宴」で右大臣の娘が北の方であることが記されている。「少女」の朱雀院への行幸の場面で、帥宮が兵部卿宮になったことが記され、琵琶を演奏している。「梅枝」では、薫物《たきもの》合わせの判者を務め、北の方の存在を示す源氏との贈答歌がある。本を書写する箇所では、

御子の侍従して、宮にさぶらふ本ども取りに遣はす。（③四二一）

と子息の侍従が、邸に本を取りに行っている。紫上系の蛍の宮は、教養ある立派な宮として描かれている。

玉鬘系では、玉鬘の求婚者の役割を負って、すき者とされ、「胡蝶」で、北の方は三年前に亡くなったとされている。

「若菜下」では、源氏四十一歳の年に、

兵部卿宮、なほ一ところのみおはして、（④一六一）

と、まだ一人住まいであるとされ、真木柱と結婚するが、真木柱とは不仲である。同じ「若菜下」の巻に、源氏四十六歳、四十七歳の年に、

兵部卿宮の童孫王《わらはそんわう》、すべてさるべき宮たちの御子ども、家の子の君たち、みな選び出でたまふ。（④一八〇）

兵部卿宮の孫王の君たち二人は万歳楽、まだいと小さきほどにて、いとらうたげなり。四人ながらいづれとなく、高き家の子にて、容貌《かたち》をかしげにかしづき出でたる、思ひなしもやむごとなし。（④二七九）

と、二人の童孫王がいると記されている。この童孫王は、「梅枝」の侍従の弟で、母は右大臣の娘の北の方である。この二人の童孫王をともに十歳以下とすると、生まれたのはちょうど「梅枝」のころである。この二箇所は、新しく設定した玉鬘系の方の蛍の宮を忘れて書かれていると見られる。

「若菜下」には四年の空白があるが、真木柱との結婚は空白の前にあり、空白の後は、「梅枝」のころの蛍の宮を念頭に置いて書かれていると考えられる。一つの巻の中で記述に矛盾がある場合は、執筆の中断があり、構想の立て直しがあったと考えられる。

「御法」「幻」と玉鬘

「御法」「幻」になぜ玉鬘が登場しないのかと言われるが、「御法」「幻」に玉鬘が登場しないことは、そんなに不自然なことであろうか。

「御法」は源氏五十一歳の年を描く。春、二条院の紫の上は、しだいに病が重くなり、出家を願うが、源氏は許そうとしない。夏になって、紫の上は明石中宮に後事を託し、匂の宮に遺言を残して、八月十四日に亡くなり、十五日に葬送が行われた。「幻」は紫の上亡き後の源氏の回想にふける一年を描いている。ともに暗くしみじみとした巻である。

第一部の玉鬘は、明るく賢く華やかな存在である。「若菜上」でも源氏四十の賀を主催するしっかりした人物として描かれ、子供を連れた幸せそうな姿を見せている。このような人物が「御法」「幻」に登場するのは、むしろふさわしくないのではないだろうか。「御法」に登場する人物は、紫の上の法華経千部供養に訪れるのが、花散里と明石の君であり、二条院に見舞いに訪れるのが明石中宮で、弔問に訪れるのは秋好中宮である。玉鬘には、紫の上との対面の場面もなく、二条院を訪れるほどの縁は描かれていない。「幻」では、源氏は紫の上に仕えていた中納言の君、中将の君と語りあい、女三の宮と明石の君のもとを訪れるが、これらの人々は同じ六条院に住む人々である。紫の上亡き後の、何の行事もない六条院を玉鬘が訪れるとは思えない。

玉鬘は、「若菜上」で「左大将殿の北の方」と呼ばれ、「若菜下」で「右大臣殿の北の方」、「柏木」では「右の大殿の北の方」と呼ばれ、もはや源氏とはかかわりのない他人の妻という立場であり、むしろ六条院を訪れる方が不自然なのではないかと思う。

玉鬘系の人物は、第二部では主要な役割を負うことがなく、実際に登場するのは、玉鬘、鬚黒、真木柱だけで、末摘花、近江の君は名前が出るだけで、「柏木」の玉鬘も、祈禱をしたという記事だけで、すべての玉鬘系の人物が「柏木」までで姿を消していることは、前著で表で示した通りである。

二条院か六条院か

紫の上は二条院の西の対に住み、西の対の姫君と呼ばれている。「少女」の巻末で六条院に移り、東の対に住んでいる。「梅枝」「藤裏葉」で対の上と呼ばれ、「梅枝」で、東の対で薫物合わせの準備をしていることが記されている。「若菜上」「若菜下」「匂宮」で対の上と呼ばれている。

「若菜下」の源氏四十七歳の三月に、紫の上は病気のため二条院に移され、以後二条院で過ごしている。

「横笛」で、夕霧が六条院を訪れると、幼い匂の宮と薫がいる。匂の宮は三歳、薫は二歳である、匂の宮は、紫の上に引き取られて東の対で養育されている。薫は寝殿西面の女三の宮のもとで育てられている。

「御法」では、紫の上は匂の宮に、

大人になりたまひなば、ここに住みたまひて、この対の前なる紅梅と桜とは、花のをりをりに心とどめてもて遊びたまへ。(④五〇三)

と、将来二条院に住み、西の対の紅梅と桜を形見として見るようにという遺言を残している。八月十四日に紫の上が亡くなり、十五日の葬儀までは二条院であるが、その後の出来事は六条院を舞台としている。内裏から使者が来るのも、致仕《ちじ》の大臣が御子の蔵人少将を奉ったのも、秋好中宮が弔問したのも、すべて六条院である。二条院は紫の上が病気療養のために住んだのであり、紫の上亡き後、源氏が二条院に住むことはない。

「幻」の冒頭、源氏五十二歳の春も六条院から始まる。

例のやうに人々参りたまひなどすれど、(④五二一)

と例年どおりに人々が参上するのは六条院であり、
御方々にも渡りたまはず、（④五二二）
と源氏が御方々を訪れないというのは、御方々がいる六条院である。
春深くなりゆくままに、御前のありさまいにしへに変らぬを、めでたまふ方にはあらねど、静心《しづごころ》なく、（④五二九）
と、いにしえに変らない春の庭は、六条院移転以後紫の上が特別に育てた春の庭であり、六条院の東の対の庭である。
源氏は春の庭を眺めた後、女三の宮のもとを訪れ、次に明石の君のもとを訪れているのであるから、源氏が六条院にいたことは否定する余地がない。
后の宮は、内裏に参らせたまひて、三の宮をぞ、さうざうしき御慰めにはおはしまさせたまひける。「母ののたまひしかば」とて、対の御前の紅梅とりわきて後見《うしろみ》ありきたまふを、いとあはれと見たてまつりたまふ。（④五二八）
六条院の一月のことである。匂の宮が、六条院の東の対の紅梅を、紫の上の遺言のあった紅梅だと言っている。
二月《きさらぎ》になれば、花の木どもの盛りになるも、まだしきも、梢をかしう霞みわたれる

に、かの御形見の紅梅に鶯のはなやかに鳴き出でたれば、立ち出でて御覧ず。（④五二八）

二月にも、六条院の紅梅を紫の上の形見であると説明して、それを源氏が見ている。
外《ほか》の花は、一重散りて、八重咲く花桜盛り過ぎて、樺桜《かばざくら》は開け、藤はおくれて色づきなどこそはすめるを、そのおそくとき花の心をよく分きて、いろいろを尽くし植ゑおきたまひしかば、時を忘れずにほひ満ちたるに、若君、「まろが桜は咲きにけり。（略）」と、かしこう思ひえたりと思ひてのたまふ顔のいとうつくしきにも、うち笑まれたまひぬ。（④五二九）

このように春の庭を花が次々に咲くように作り上げていたのは紫の上であり、その六条院の春の庭に、匂の宮は紫の上遺愛の桜があると言っている。以上のような例によって、「幻」を書いている時の作者は、紫の上が遺言した紅梅と桜があるのは、六条院の東の対だという錯覚に陥っていることがわかる。匂の宮が六条院の東の対で養育されていたことによると考えられる。

作者は源氏の最後の一年の巻を、なかなか書き始めることができなかったと考えられる。そしてやっと書き始めた時には、「御法」の二条院での出来事が、六条院での出来事だったという錯覚に陥っていたと考えられる。

第三部に入ると、「匂宮」で、匂の宮は二条院に住むと書かれている。「総角」に、薫が匂の宮を訪れて対面する場面がある。

三条の宮焼けにし後は、六条院にぞ移ろひたまへれば、近くては常に参りたまふ。宮も、思すやうなる御心地したまひけり。紛るることなくあらまほしき御住まひに、御前の前栽ほかのには似ず、同じき花の姿も、木草のなびきざまもことに見なされて、遣水にすめる月の影さへ絵に描きたるやうなるに、思ひつるもしるく起きおはしましけり。（⑤二五九）

「椎本」で三条の宮が焼失し、女三の宮と薫は六条院に住むようになる。薫は匂の宮と近くなって常に参上するようになったという。このころ、匂の宮は二条院ではなく六条院に住んでいる。

「早蕨」で、薫は再び匂の宮のもとを訪れる。

しめやかなる夕暮なれば、宮、うちながめたまひて、端近くおはしましける。箏の御琴掻き鳴らしつつ、例の、御心寄せなる梅の香をめでおはする。（⑤三四八）

薫が訪れたのは前回と同じ六条院であると考えられるが、ここに、「例の御心寄せなる梅の香を」とある梅は、「幻」で六条院にあると思い込んでいた、本来は二条院にあった梅であると考えられる。「御法」では紅梅であったが、時が経っているため、「椎本」では白梅になっていると考えられる。匂の宮の歌に「色には出でず」とある。

第二部では、匂の宮が薫より一歳年上だったが、宇治十帖では薫が年上になっているなど、第二部と宇治十帖は執筆時期に隔たりがあると考えられる。第二部の成立を一〇〇八年として、宇治十帖の成立を一〇一八年前後とすると、約十年の年月が流れていると考えられる。

おわりに

日記に記されている『源氏物語』に関するもっとも古い出来事は、寛弘四年(一〇〇七)の夏以前に一条天皇が『源氏物語』の感想を述べていることで、次に寛弘五年(一〇〇八)十一月に公任が『源氏物語』について語っていることである。第一部の物語はすでに読まれているのであり、草子作りで作られたのは、第二部の物語であったと考えられる。

私は長い間、巣守の構想開始は寛弘六年(一〇〇九)二月だと思っていた。日記が二月に中断するからである。だが、これには二つの疑問があった。一つは、『源氏物語』の多くの部分は、次を書くまでに数年の隔たりがあるが、寛弘五年に第二部を書いて、翌年巣守を書き始めるのは早すぎるのではないかということで、もう一つは一〇〇九年に書き始めたものが、一〇一三年八月ごろに書き終わるように思われるのはなぜかということである。書き始めが一〇一一年であれば、二つの疑問は一挙に解決する。

草子作りの記事も、「かつは」を「同時に」と解釈して、依頼状と同時に綴じるものがあると考えていたが、「一つは」と解釈することによって、古い考えから脱却して、今まで疑問だった多くの事柄に道筋が見えてきた。十月の日記が前後の月より短いと思われること、草子作りの本が局に長く隠されていたこと、十一月の二回の出仕が予定されたものではないと思われることなどが、しだいにつながって本書の結論に至った。

家集によれば、作者には、三回の引きこもりがあったと考えられ、苦労の多い人生だったと思われる。


憂きことのまさるこの世を見じとてや空の雲とも人のなりけむ

という大弐三位が母の死を詠んだ歌が心に残る。

大弐三位は、次の歌も詠んでいる。

年いたく老ひたる祖父のものしたる、とぶらひに、
残りなき木《こ》の葉を見つつ慰めよ常ならぬこそ世の常のこと

大弐三位が、年老いた祖父為時に詠んだ歌である。為時は長元元年(一〇二九)ごろ、七十四、五歳で亡くなったという。そのころ紫式部は存命だっただろうか。

今回『更級日記』を書かなくてはと思ったのは、桜の歌の解釈を訂正する必要があったことと、水の田芹の歌の正確な訳を書いていなかったことによる。

孝標女が、『源氏物語』五十四巻より前に、「紫のゆかり」を読んで、感想を書き残してくれたことは、奇跡に近いことだったと思わずにはいられない。

『更級日記』については、いつ物語作者になったのか、『更級日記』はだれに書かれたのかなどの疑問を抱きつつ、ここで筆を擱くことにする。

第一作を『万葉集』の月の歌で書き始めたので、今回は『万葉集』の花の歌によって結びとしたい。ここまで読んでいただき、ありがとうございました。

かはづ鳴く神名備《かんなび》川に影見えて今か咲くらむ山吹の花
ま葛原《くずはら》なびく秋風吹くごとに阿太《あだ》の大野の萩の花散る
明日香川行き廻《み》る岡の秋萩は今日降る雨に散りか過ぎなむ
わが園に梅の花散るひさかたの天《あめ》より雪の流れ来《く》るかも
うちなびく春来《きた》るらし山の際《ま》の遠き木末《こぬれ》の咲きゆく見れば

参考文献

◉紫式部日記・紫式部集

『紫式部集』（岩波文庫） 南波浩校注 岩波書店 一九七三年
『紫式部日記・紫式部集』（新潮日本古典集成） 山本利達校注 新潮社 一九八五年
「紫式部日記」（新日本古典文学大系） 伊藤博校注 岩波書店 一九八九年
「紫式部日記」（新編日本古典文学全集） 中野幸一校注・訳 小学館 一九九四年
『王朝女流日記を考える—追憶の風景』 福家俊幸・久下裕利編 武蔵野書院 二〇一一年
『王朝の歌人たちを考える—交遊の空間』 久下裕利編 武蔵野書院 二〇一三年
『紫式部日記・集の新世界』 横井孝・福家俊幸・久下裕利編 武蔵野書院 二〇二〇年
『深掘り！ 紫式部と源氏物語』 中野幸一 勉誠社 二〇二三年
『紫式部の言い分』 岳真也 ワニブックス 二〇二三年
『紫式部の実像』（朝日選書） 伊井春樹 朝日新聞出版 二〇二四年

◉更級日記
『更級日記』（全対訳日本古典新書）　吉岡曠　創英社　一九七六年
『更級日記上・下』　関根慶子　講談社学術文庫　一九七七年
『更級日記の研究』　津本信博　早稲田大学出版部　一九八二年
「更級日記」（新日本古典文学大系）吉岡曠校注　岩波書店　一九八九年
「更級日記」（新編日本古典文学全集）犬養廉校注・訳　小学館　一九九四年
『更級日記全評釈』　小谷野純一　風間書房　一九九六年
『更級日記全注釈』　福家俊幸　角川学芸出版　二〇一五年

◉源氏物語
『紫上系と玉鬘系　成立論のゆくえ』　加藤昌嘉・中川照将編　勉誠出版　二〇一〇年
『源氏物語を考える―越境の時空』　秋澤亙・袴田光康編　武蔵野書院　二〇一一年
『源氏物語の方法を考える―史実の回廊』　田坂憲二・久下裕利編　武蔵野書院　二〇一五年
『源氏物語の記憶―時代との交差』　久下裕利　武蔵野書院　二〇一七年
『宇治十帖の新世界』　横井孝・久下裕利編　武蔵野書院　二〇一八年

◉古典文学関連書
『百代の過客　日記にみる日本人』
ドナルド・キーン著　金関寿夫訳　朝日選書　一九八四年
『平安女子は、みんな必死で恋してた　イタリア人がハマった日本の古典』
イザベラ・ディオニシオ　淡交社　二〇二〇年
『清少納言を求めて、フィンランドから京都へ』
ミア・カンキマキ著　末延弘子訳　草思社　二〇二一年
『よみがえる与謝野晶子の源氏物語』　神野藤昭夫　花鳥社　二〇二二年

〈著者紹介〉

神明敬子（しんめい よしこ）

1942年、東京都生まれ。

1964年、お茶の水女子大学文教育学部国文学科卒業。

女子学院教諭、2002年退職。

著書『源氏物語をめぐって 紫式部は何を書き残したのか』『更級日記を読む 源氏物語をめぐってⅡ』（幻冬舎）

紫式部日記《むらさきしきぶにっき》を読《よ》む
源氏物語《げんじものがたり》をめぐってⅢ

2024年12月20日 第1刷発行

著 者 神明敬子
発行人 久保田貴幸

発行元 株式会社 幻冬舎メディアコンサルティング
〒151-0051 東京都渋谷区千駄ヶ谷4-9-7
電話 03-5411-6440（編集）

発売元 株式会社 幻冬舎
〒151-0051 東京都渋谷区千駄ヶ谷4-9-7
電話 03-5411-6222（営業）

印刷・製本 中央精版印刷株式会社
装 丁 弓田和則

検印廃止

ISBN 978-4-344-69184-1 C0095
幻冬舎メディアコンサルティングＨＰ
https://www.gentosha-mc.com/